여우난골족

여우난골족

백석 시전집

애플북스

읽지 않고 쓰는 서문

김 성 대

나는 백석을 몰랐다. 그를 읽지 않고 있었다. 그는 내게 하나
의 이야기였다. 먼 외로움이었다. 안다고 말할 수 없는.

그는 그렇게 '우리들 속에' 있었다. '세상은 몰라도 좋은' 채
로. '숨어 흐르는 개울물'같이. '흰나비 나는 소리'같이. 나도 듣
고 있었다. 들으려 하지 않아도 들려왔다. 읽기 전부터. '이른 봄'
부터. 그의 시를 숨 쉬고 있었다.

그의 시는 냄새가 난다. 냄새와 맛이 술렁거린다. 그는 비에서
김 냄새를 맡는다. 조개 울음소리를 듣는다. 고요히 숨이 들어가
는 두부도. 두부에 들어가는 숨도. 그게 그의 시를 빚는 반죽이었
다. 그의 세계를 옮겨 담는. 그릇에 눈을 받듯이. '불을 밝히고 밤
이 들도록.'

그는 이곳을 좋아한 거 같다. 삶을 못 견디게 사랑한 거 같다.

'사람을 사랑하는 탓이다.' 그는 어디서나 사람을 생각한다. 그에게는 마을이 있다. 간밤의 이야기가 있다. '이야기하고 싶은 길'이 있다. '서로 미덥고 정다운.' '정말 사랑할 줄 아는.' 그 모든게 사람이었다. 그가 왜 시를 쓸 수밖에 없었는지 알 거 같다. 쓰지 않고는 못 견뎠는지.

'무슨 이야기라도 다 할 거 같다.' '웅성웅성 흥성거리는' 이야기들. '꿈을 지나' 함박눈처럼 '푹푹 쌓이는.' 그의 이야기를 듣고 싶어진다. 그의 '좋은 날'을. 못 잊는 날을. 그와 이야기하고 싶어진다. 누구라도 나눌 수 있을 거 같아서. '밤을 같이 밝히고 싶고.' 같이 살아보고 싶고.

그는 그걸 '아득한 새 옛날'이라고 했다. 우리가 살았지만 알지 못하는. 우리에게도 그런 날이 있었다는 걸 일깨워주는. 우리는 그런 봄을 잃었는지도 모른다. 술렁거리고 들뜨고 벅차오르는 봄을. 이 밤이 가지 않았으면 하는 밤을. 그 세계는 외딴 과거가 아니었다. 불러온 게 아니라 가지 않은 거였다. '옛날이 가지 않은.' '옛말이 사는.'

잃어버린 세계이며 잃어버린 시이며 다시 살아나는 시 세계다. 이 세계를 신선하게 하는. '이 긴긴 밤을.' 알겠다. 시인은 많이 느끼는 사람이란 걸. 이 세계를 신선하게 할 필요를 느끼는 사람. '모두 한잠이 들은 재밤중에 혼자 일어나' 싱싱한 양념 냄새를 맡는. '이슬이 비 오듯 하는 밤' '캄캄한 비 속에 흰 꽃이 피'는 걸 보는.

'생각하면 쓸쓸한 일이다.' 많이 느끼는 건 쓸쓸한 일일지 모른다. 지나간 일도. 지나가야 할 일도. 살고 사라진 많은 게 떠올

라. '쓸쓸한 것만이 오고 간다.' '쓸쓸한 낮'으로. '쓸쓸한 길'을. '쓸쓸한 저녁'을. '이 세상에 나들이를 온 것이다. 쓸쓸한 나들이를.'

쓸쓸함은 시가 되면서 그리움이 된다. 지나갔지만 돌아와 보는. 돌아와 듣는. 시인은 못 보내는 사람이다. 잊지 못하고 '연연해한다.' 연연하는 사람이 쓴다. 쓰는 사람은 연연하는 사람이다. 돌아가지 못할 일을. 하지 못한 말을. '한없이 그리워지는 밤'에. 이 밤을 그리워하는 밤에. 그리움이 시가 되는. '유별히 맛나게 익는.'

그의 그리움은 외로움에서 온다. 말소리를 그리워하는 외로움. '혼자 외로이 앉아 이것저것 쓸쓸한 생각을 하는 것이다.' 외로운 사람은 잘 느낀다. 외로우니까 잘 들린다. 냄새에도 맛에도 민감하다. '나는 나 혼자도 너무 많은 것같이 생각하며.' 그는 느껴서 쓸쓸하고 외롭다. 느껴서 혼자임을 안다.

그때마다 그의 외로움에 다가가게 된다. 그를 서럽게 하는 것에. 슬프게 하는 것에. 그러니까 그의 시에. 시는 '슬픔을 담는 것'이니까. '거룩한 아득한 슬픔을.' '사람과 넋과 목숨과 있는 것과 없는 것과 한 줌 흙과 한 점 살과.'

그는 '재 위에 뜻 없이 글자를 쓰기도' 한다. 흰 바람벽에 글자들이 지나가는 것을 보기도 한다. '나는 이 세상에서 가난하고 외롭고 높고 쓸쓸하니 살아가도록 태어났다'는. 그건 '슬픈 역사'다. 살아서 슬픈. 사랑해서 슬픈. 시가 다가오고 지나간다. 외롭고 높고 쓸쓸한.

울음이었다. '상처의 울음을 휘파람으로 여겨도 좋을 정말로 그것은 울음이었다.' '한세상이 울음이기나 한 듯이' '느끼며 운다.' '맑게 괸 샘물 같은 눈으로.' '가을밤같이 차게.' 그는 '눈물의 나라에서 온 사람'이다. 울어서 눈을 씻는. 서럽도록 정갈하고 파리한. 그의 시는 울음으로 다가온다.

그는 자신을 본다. '가난한 아버지를 가진.' 애인에게 실연당한. 친구에게 버림받은. 자신에게 솔직해진다. 자신이 시가 된다. '언제 벌써 내 속에 와 이야기'하는. '마른 팔뚝의 샛파란 핏대' 같은. 그는 '가난해도 서럽지 않다.' '세상한테 지는 것이 아니다. 세상 같은 건 더러워 버리는 것이다.'

그의 이야기를 듣는다. '바람결 속에 퍼진' 말을. '마음의 바람벽에 바람결같이 부딪치고 지나가는.' '모든 것을 다 잃어버리고 넋 하나를 얻는다는.' 마음결이 만져지는 거 같다. 마음의 움직임이. 따라 움직이는 마음이. 바람벽에 등을 대보는. 그 모든 것과 친하고 싶은. 내게도 마음이 있었다.

그의 시는 마음을 잘 느끼게 한다. '밝고 그윽하고 깊고 무거운 마음'을. 마음에 내려앉은 먼지를 털어내고 마음을 짚어준다. 잃어버린 마음을. 되찾고 싶은 마음을. '텅 빈 집'의 '밝은 방 안' 같은. 빈집을 드나드는 별 같은. 마음이 '고요하고 또 맑아진다.' '가시 하나 손아귀 하나 없'이.

그러는 사이 언어를 잘 느끼게 된다. 그의 시어를. 누구의 것도 되고 누구의 것도 아닌. 그의 시가 마음에 가라앉는다. '드러나지 않게 잔잔히.'

누군가는 시를 쓸지도 모른다. 자신의 이야기를 하고 싶어 할지도 모른다. 마음이 말을 얻어서. 마음의 소리가 들려서. 비가 깨우는 소리처럼. 마음을 깨우는 비처럼. 듣는 줄 모르고 귀를 기울이게 될지도. 쓴 줄 모르고 내려놓을지도. 자신도 모르게 마음을 다독이며. 시가 아니라도 좋은. 잊어도 좋은.

빗속을 걷고 싶어진다. 누군가와 같이 빗소리를 들으며. '실 같은 봄비 속'을. 누가 곁에 있는지 모르게. 비가 오는지 모르게.

멀리서 같이 걸어도 좋을 거 같다. 그가 걸었던 길을. 긴 시간을 두고. 먼 길을 돌아.

빗속을 돌아오고 있는 거 같다. 돌아오지 않은 사람이. 돌아올 수 없는 시간이. 돌아올 수 없는 채로. '혼자 넋 없이 떠도는' 구름처럼.

비가 더 왔으면 한다. '여우비 멎은 저녁의' '유리창 같은 눈'으로. 비가 들고 나는 밤의 '머루빛 밤하늘' 냄새를 맡고 싶어서. 돌아올수록 멀어지더라도. 돌아볼수록.

걷다가 그처럼 쓸쓸해진다. 그의 시를 그리워하게 된다. 그의 시를 읽는 시간을. 그 마음을. '가슴가를 뜨겁게' 하던. 서러워서 설레던. 내가 그리워진다. 내가 보고 싶어 그를 읽는다. 한 번 더 읽는다. '싫었다'의 다른 말들을. '그 말은 얼마나 좋고 아름다울 것인가.' '물이라도 들 듯이.' 갈 줄 모르고 오래도록 남아. 마음에 살이 오르고 내린다. 시간에 살이 오르고 내린다.

봄이 오고 봄이 갔다. 그를 읽는 동안. '골 안으로 깊이 들어갔다.' '부르는 소리를 듣고도 못 들은 척하였다.' 못 들은 척 들었다. 안 읽은 척 읽었다. 처음 읽는 것처럼 읽고 싶었다. 귀가 먹어도 좋았다. 그의 시가 담긴 귀로. 밤을 다 빼앗겨도 좋았다. 밤의 살을. 아침이 흰 가시만 남은 밤이어도. '세상 같은 건 밖에 나도 좋을 것' 같았다.

읽어도 몰랐다. 그를 몰랐다. 읽고 나서 더 궁금해졌다. 그가 뭘 들었는지. 뭘 느꼈는지. 나는 여전히 백석을 모른다. 시를 읽는 건 알기 위해서가 아니지만. 다만 이것 하나는 알겠다. 그를 다시 읽을 거라는 것. 다시 '이 골 안으로 올' 거라는 것. '캄캄한 밤과 개울물 소리'로.

그리고 잊으면 된다. 잊고 기다리면 된다. 읽고 싶어질 때까지. 안 읽은 것처럼. 처음 읽는 것처럼. 이제 그를 읽어야겠다. 이제야 읽고 싶어졌다. 나는 백석을 읽지 않았다.

김성대 | 한양대학교 국어국문학과와 동 대학원을 졸업했다. 2005년《창작과비평》 신인시인상으로 등단하였으며, 2010년 김수영문학상을 수상했다. 저서로 는《사막 식당》《당신에게 할 말이 있어요》《귀 없는 토끼에 관한 소수 의견》등이 있다.

차례

제4부 분단 이후의 시

제5부 동시

일러두기

1. 이 책에 수록된 작품은 백석이 1935년부터 창작활동을 일체 중단한 1962년까지 발표한 시를 모은 것으로 순서는 발표 연대순으로 배열했으며 각 작품 마지막에 첫 발표 지면을 표기해두었다. 또한 동시는 마지막 5부에 따로 모아 수록했다.
2. 백석 시의 특수성을 감안하여 방언이나 속어 등은 원문대로 살리고 일부 낱말과 띄어쓰기만 현대어 표기로 고쳤다. 띄어쓰기와 맞춤법은 국립국어원의 《표준국어대사전》을 기준으로 삼았다.
3. 한글로 표기된 외래어는 외래어맞춤법에 맞게 고쳤으나 시대 상황을 드러내주는 용어는 원문을 그대로 살렸다.
4. 한자는 한글로 표기하고 의미상 필요한 경우에만 한글 옆에 병기하였다.
5. 생소한 어휘는 독자들의 이해를 돕기 위하여 각주로 설명을 달아두었다.
6. 대화 표시는 " "로 바꾸었고, 대화가 아닌 혼잣말이나 강조의 경우에는 ' '로 바꾸었다. 또한 말줄임표는 모두 '……'로 통일하였다.

제1부 사슴

정주성定州城

산턱 원두막은 뷔었나¹ 불빛이 외롭다
헝겊 심지에 아즈까리²기름의 쪼는 소리가 들리는 듯하다

잠자리 조을든 무너진 성터
반딧불이 난다 파란 혼磲들 같다
어데서 말 잇는 듯이 크다란 산새 한 마리 어두운 골짜기로 난다

헐리다 남은 성문이
한울³빛같이 훤하다
날이 밝으면 또 메기수염의 늙은이가 청배를 팔러 올 것이다

— 〈조선일보〉, 1935. 8. 31.

---

1 '뷔다'는 '비다, 비게 되다'의 옛말.
2 '아주까리'의 평안도, 함경도 방언.
3 천도교에서 '하늘'을 달리 이르는 말.

늙은 갈대의 독백

해가 진다
갈새[1]는 얼마 아니하야 잠이 든다
물닭도 쉬이 어늬 낯설은 논드렁에서 돌아온다
바람이 마을을 오면 그때 우리는 설게 늙음의 이야기를 편다

보름밤이면
갈거이[2]와 함께 이 언덕에서 달보기를 한다
강 건너 물과 같이 세월의 노래를 부른다
새우들이 마름 잎새에 올라앉는 이때가 나는 좋다

어늬 처녀가 내 넊을 따 갈부던[3]을 결었노
어늬 동자가 내 잎닢 따 갈나발을 불었노
어늬 기러기 내 순한 대를 입에다 물고 갔노
아— 어늬 태공망太公望이 내 젊음을 낚어갔노

---

1 '개개비'. 참새목 휘파람새과의 철새로 갈대나 물가 초지에서 쉽게 볼 수 있다.
2 옆으로 기어가는 바다 게.
3 갈잎으로 엮어 만든 장신구.

이 몸의 매딥매딥
잃어진 사랑의 허물 자국
별 많은 어늬 밤 강을 날여간 강다릿배의 갈대피리
비 오는 어늬 아침 나룻배 나린 길손의 갈대지팽이
모다 내 사랑이었다.

해어라비 조는 곁에서
물뱀의 새끼를 업고 나는 꿈을 꾸었다
—벼름질로 돌아오는 낫이 나를 다리려 왔다
달구지 타고 산골로 삿자리의 벼슬을 갔다.

—〈조광〉, 1935. 11.

산지 山地

갈부던 같은 약수터의 산山거리
여인숙이 다래나무지팽이와 같이 많다

시냇물이 버러지¹ 소리를 하며 흐르고
대낮이라도 산 옆에서는
승냥이가 개울물 흐르듯 운다

소와 말은 도로 산으로 돌아갔다
염소만이 아직 된비가 오면 산山개울에 놓인 다리를 건너 인가
근처로 뛰여온다

벼랑턱의 어두운 그늘에 아츰²이면
부헝이³가 무거웁게 날러온다
낮이 되면 더 무거웁게 날러가 버린다

---

1 사람, 짐승, 새, 물고기 따위를 제외한 작은 동물을 통틀어 이르는 말.
2 '아침'의 방언.
3 '부엉이'의 옛말.

산 너머 십오 리서 나무 뒝치⁴ 차고 싸리신 신고 산山비에 촉촉
이 젖어서 약물을 받으러 오는 산山아이도 있다

아비가 앓는가부다
다래 먹고 앓는가부다

아랫마을에서는 애기무당이 작두를 타며 굿을 하는 때가 많다

— 〈조광〉, 1935. 11.

---

4 '뒤웅박(박을 쪼개지 않고 둥근 모양 그대로 꼭지 부분에 구멍만 뚫어 속을 파내 만든 바가
지)'의 평안북도 방언.

주막

호박닢에 싸오는 붕어곰[1]은 언제나 맛있었다

부엌에는 빨갛게 질들은 팔모알상[2]이 그 상 우엔 새파란 싸리
를 그린 눈알만 한 잔이 뵈였다

아들아이는 범이라고 장고기[3]를 잘 잡는 앞니가 뻐드러진 나
와 동갑이었다

울파주[4] 밖에는 장꾼들을 따라와서 엄지[5]의 젖을 빠는 망아지
도 있었다

— 〈조광〉, 1935. 11.

1 붕어를 오래 곤 국.
2 테두리가 팔각인 개다리소반.
3 '잔고기'. 크기가 작은 물고기.
4 '울바자(바자로 만든 울타리)'의 평안북도 방언. '바자'는 대나 수수깡, 싸리 따위를 엮어 만든
  물건.
5 '어이(짐승의 어미)'의 북한말.

비

아카시아들이 언제 흰 두레방석[1]을 깔었나
어데서 물큰 개비린내가 온다

— 〈조광〉, 1935. 11.

---

1 짚이나 부들 따위로 둥글게 엮은 방석.

나와 지렁이

내 지렁이는
커서 구렁이가 되었습니다
천년 동안만 밤마다 흙에 물을 주면 그 흙이 지렁이가 되었습
니다
장마 지면 비와 같이 하눌[1]에서 나려왔습니다
뒤에 붕어와 농다리의 미끼가 되었습니다
내 리과책[2]에서는 암컷과 수컷이 있어서 새끼를 낳았습니다
지렁이의 눈이 보고 싶습니다
지렁이의 밥과 집이 부럽습니다

─〈조광〉, 1935. 11.

---

1 '한울'. 하늘.
2 '이과理科 책'.

여우난골족族

명절날 나는 엄매 아배 따라 우리집 개는 나를 따라 진할머니
진할아버지[1]가 있는 큰집으로 가면

얼굴에 별자국이 솜솜 난 말수와 같이[2] 눈도 껌벅거리는 하로[3]
에 베 한 필을 짠다는 벌 하나 건너 집엔 복숭아나무가 많은 신리
新里 고무 고무의 딸 이녀李女[4] 작은 이녀

열여섯에 사십이 넘은 홀아비의 후처가 된 포족족하니 성이
잘 나는 살빛이 매감탕[5] 같은 입술과 젖꼭지는 더 까만 예수쟁이
마을 가까이 사는 토산土山 고무 고무의 딸 승녀承女 아들 승동이

육십 리라고 해서 파랗게 뵈이는 산을 넘어 있다는 해변에서
과부가 된 코끝이 빨간 언제나 흰옷이 정하든 말끝에 설게[6] 눈물
을 짤 때가 많은 큰골 고무 고무의 딸 홍녀洪女 아들 홍동이 작은

---

1 '친할머니 친할아버지'.
2 '말수와 같이'는 '말할 때마다'를 뜻함.
3 '하루'의 옛말.
4 평안북도 지역에서 여자아이를 가리키는 애칭.
5 '매'는 '메진(밥이나 떡, 반죽 따위에 끈기가 적은 상태)'의 평안북도 방언. '감탕'은 엿을 고아
  낸 솥을 부신 단 물이나 메주를 쑤어낸 솥에 남은 걸쭉한 물을 뜻하는 말로 진한 갈색을 뜻함.
6 '서럽게'의 평안북도 방언.

홍동이

　배나무 접을 잘하는 주정을 하면 토방돌을 뽑는 오리치[7]를 잘
놓는 먼 섬에 반디[8]젓 담그러 가기를 좋아하는 삼춘 삼춘엄매[9]사
춘누이 사춘동생들

　이 그득히들 할머니 할아버지가 있는 안간에들 모여서 방 안
에서는 새옷의 내음새가 나고
　또 인절미 송구떡[10] 콩가루차떡[11]의 내음새도 나고 끼때[12]의 두
부와 콩나물과 볶은 잔디와 고사리와 도야지비계는 모두 선득선
득하니 찬 것들이다

　저녁술을 놓은 아이들은 외양간섶[13] 밭마당에 달린 배나무동
산에서 쥐잡이를 하고 숨굴막질[14]을 하고 꼬리잡이를 하고 가마
타고 시집가는 놀음 말 타고 장가가는 놀음을 하고 이렇게 밤이
어둡도록 북적하니 논다
　밤이 깊어가는 집안엔 엄매는 엄매들끼리 아르간에서들 웃고
이야기하고 아이들은 아이들끼리 웃간 한 방을 잡고 조아질[15]하

───

7　평안북도 지역에서 사용된 야생 오리를 잡는 도구.
8　'밴댕이'의 평안도 방언.
9　'작은어머니'의 방언.
10　'송기떡'. 소나무의 속껍질인 송기와 멥쌀가루를 섞어 반죽해 만든 떡.
11　'차떡'은 '찰떡'의 북한말.
12　'끼니때'의 방언.
13　'섶'은 '옆'의 평안도, 함경남도 방언.
14　'숨바꼭질'의 잘못, 또는 평안북도 방언.
15　공기놀이.

고 쌈방이[16] 굴리고 바리깨[17]돌림하고 호박떼기하고 제비손이구
손이하고 이렇게 화디[18]의 사기방등[19]에 심지를 몇 번이나 돋구
고 홍게닭[20]이 몇 번이나 울어서 졸음이 오면 아릇목싸움 자리싸
움을 하며 히드득거리다 잠이 든다 그래서는 문창에 텅납새[21]의
그림자가 치는 아츰 시누이 동세[22]들이 욱적하니 홍성거리는 부
엌으론 샛문 틈으로 장지문 틈으로 무이징게국[23]을 끓이는 맛있
는 내음새가 올라오도록 잔다

― 〈조광〉, 1935. 12.

16 평안북도 지역의 토속적 놀잇거리.
17 '주발 뚜껑'의 평안도 방언.
18 '등잔걸이'의 평안북도 방언.
19 사기로 만든 등잔. '방등'은 '등잔'의 평안도 및 경상도 방언.
20 '새벽닭'.
21 '청납새'. '추녀'의 평안북도 방언.
22 '동서同婿'의 강원도 방언.
23 '새우 뭇국'. '무이'는 '무'의 평안남도, 황해도, 강원도 방언. '징게'는 '새우'의 경기도 방언.

통영統營

옛날엔 통제사統制使가 있었다는 낡은 항구의 처녀들에겐 옛날
이 가지 않은 천희千姬라는 이름이 많다
미역오리[1]같이 말라서 굴 껍질처럼 말없이 사랑하다 죽는다는
이 천희의 하나를 나는 어느 오랜 객주집의 생선 가시가 있는
마루방에서 만났다
저문 유월의 바닷가에선 조개도 울을 저녁 소라방등이 불그레
한 마당에 김 냄새 나는 비가 나렸다

— 〈조광〉, 1935. 12.

---

1 '오리'는 실, 나무, 대 따위의 가늘고 긴 조각이나 낱낱의 것을 뜻하는 말. 본말은 '오라기'.

흰 밤

옛 성의 돌담에 달이 올랐다
묵은 초가지붕에 박이
또 하나 달같이 하이얗게 빛난다
언젠가 마을에서 수절과부 하나가 목을 매여 죽은 밤도 이러
한 밤이었다

— 〈조광〉, 1935. 12.

고야古夜

아배는 타관 가서 오지 않고 산비탈 외따른 집에 엄매와 나와 단
둘이서 누가 죽이는 듯이 무서운 밤 집 뒤로는 어늬 산골짜기에서
소를 잡아먹는 노나리꾼[1]들이 도적놈들같이 쿵쿵거리며 다닌다

날기[2]멍석을 져간다는 닭보는 할미를 차 굴린다는 땅 아래 고
래 같은 기와집에는 언제나 니차떡[3]에 청밀[4]에 은금보화가 그득
하다는 외발 가진 조마구[5] 뒷산 어늬메도 조마구네 나라가 있어
서 오줌 누러 깨는 재밤[6] 머리맡의 문살에 대인 유리창으로 조마
구 군병의 새까만 대가리 새까만 눈알이 들여다보는 때 나는 이
불 속에 자즈러붙어 숨도 쉬지 못한다

또 이러한 밤 같은 때 시집갈 처녀 막내고무가 고개 너머 큰집

---

1 소나 돼지를 밀도살하는 사람.
2 '낟알'의 평안남도 방언.
3 '찰떡'의 평안북도 방언.
4 '꿀'.
5 설화에 등장하는 작은 괴물, 또는 난장이.
6 '한밤'의 강원도 방언.

으로 치장감을 가지고 와서 엄매와 둘이 소기름에 쌍심지의 불을 밝히고 밤이 들도록 바느질을 하는 밤 같은 때 나는 아룻목의 삿귀[7]를 들고 쇠든밤[8]을 내여 다람쥐처럼 밝어먹고[9] 은행여름[10]을 인둣불에 구워도 먹고 그러다는 이불 우에서 광대넘이를 뒤이고[11] 또 누워 굴면서 엄매에게 웃목에 두른 평풍[12]의 새빨간 천두[13]의 이야기를 듣기도 하고 고무더러는 밝는 날 멀리는 못난다는 뫼추라기[14]를 잡아달라고 조르기도 하고

내일같이 명절날인 밤은 부엌에 쩨듯하니[15] 불이 밝고 솥뚜껑이 놀으며[16] 구수한 내음새 곰국이 무르끓고 방 안에서는 일갓집 할머니가 와서 마을의 소문을 펴며 조개송편에 달송편에 쮠두기[17] 송편에 떡을 빚는 곁에서 나는 밤소 팥소 설탕 든 콩가루소를 먹으며 설탕 든 콩가루소가 가장 맛있다고 생각한다

나는 얼마나 반죽을 주무르며 흰가루손이 되여 떡을 빚고 싶은지 모른다

---

7   삿자리의 가장자리.
8   시들어 생기가 없어진 밤.
9   '발라먹고'. '밝다'는 '바르다'의 평안도 방언.
10 '여름'은 열매의 옛말, 또는 평안도 방언.
11 '뒤집고'.
12 '병풍屛風'이 변한 말, 또는 평안도 방언.
13 '천도복숭아'.
14 '뫼추래기'. '메추라기'의 경기도, 충청도 방언.
15 '쩨듯하니'. 빛이 선명하고 뚜렷하게, 곧 '환하게'.
16 '놀며'. 솥뚜껑이 들썩이는 모양을 표현한 것.
17 '쮠두기'. '진드기'의 강원도 방언. '쮠두기송편'은 진드기 모양처럼 작고 동그랗게 빚은 송편을 이름.

섣달에 냅일[18]날이 들어서 냅일날 밤에 눈이 오면 이 밤엔 쌔하얀 할미귀신의 눈귀신도 냅일눈을 받노라 못 난다는 말을 든든히 여기며 엄매와 나는 앙궁 우에 떡돌 우에 곱새[19]담 우에 함지에 버치[20]며 대냥푼[21]을 놓고 치성이나 드리듯이 정한 마음으로 냅일눈 약눈을 받는다

이 눈세기물[22]을 냅일물이라고 제주병[23]에 진상항아리[24]에 채워두고는 해를 묵여가며 고뿔이 와도 배앓이를 해도 갑피기[25]를 앓어도 먹을 물이다

— 〈조광〉, 1936. 1.

---

18 '납일臘日'. 동지 뒤 셋째 미일未日로 민간이나 조정에서 조상이나 종묘, 사직에 제사 지내던 날.
19 '용마름(초가의 지붕마루에 덮는 이엉)'의 북한말.
20 속이 우묵하고 아가리가 넓게 벌어진 큰 그릇.
21 '큰 양푼'.
22 '눈석임물'. '눈세김'은 '눈석임'의 평안도 방언.
23 백자로 구워 만들거나 놋쇠로 만든 제기祭器의 하나.
24 허름하고 볼품없는 항아리.
25 '이질'의 평안북도 방언.

가즈랑집

승냥이가 새끼를 치는 전에는 쇠메 든 도적이 났다는 가즈랑고개

가즈랑집은 고개 밑의
산 너머 마을서 도야지를 잃는 밤 즘생[1]을 쫓는 깽제미[2] 소리
가 무서웁게 들려오는 집
닭 개 즘생을 못 놓는
멧돼지와 이웃사춘을 지내는 집

예순이 넘은 아들 없는 가즈랑집 할머니는 중같이 정해서 할
머니가 마을을 가면 긴 담뱃대에 독하다는 막써레기[3]를 몇 대라
도 붙이라고 하며

간밤엔 섬돌 아래 승냥이가 왔었다는 이야기
어느메 산골에선간 곰이 아이를 본다는 이야기

1 '짐승'의 경기도 방언.
2 '갱제미'. '꽹과리'의 평안북도 방언.
3 거칠게 썬 마른 담뱃잎.

나는 돌나물김치에 백설기를 먹으며

옛말의 구신[4]집에 있는 듯이

가즈랑집 할머니

내가 날 때 죽은 누이도 날 때

무명필에 이름을 써서 백지 달어서 구신간시렁[5]의 당즈깨[6]에
넣어 대감[7]님께 수영[8]을 들였다는 가즈랑집 할머니

언제나 병을 앓을 때면

신장님 달련[9]이라고 하는 가즈랑집 할머니

구신의 딸이라고 생각하면 슬퍼졌다

토끼도 살이 오른다는 때 아르대[10] 즘퍼리[11]에서 제비꼬리 마
타리 쇠조지 가지취 고비 고사리 두릅순 회순 산나물을 하는 가
즈랑집 할머니를 따르며

나는 벌써 달디단 물구지[12]우림 둥굴레우림을 생각하고

아직 멀은 도토리묵 도토리범벅까지도 그리워한다

뒤울안 살구나무 아래서 광살구[13]를 찾다가

---

4 '귀신'의 방언.
5 '걸립신(무속신앙에서 모시는 급이 낮은 신의 하나)'을 모셔놓은 선반.
6 '당지깨'. '고리짝(키버들의 가지나 대오리 따위로 엮어 만든 옷상자)'의 황해도 방언.
7 무속신앙에서 신을 높여 이르는 말.
8 '수양收養'. 남의 자식을 맡아 제 자식처럼 기름.
9 '단련鍛鍊'. '시달림'.
10 '아래쪽'의 평안도 방언.
11 '즌퍼리'. '진펄(질펀한 땅)'의 옛말.
12 '무릇(어린잎과 비늘줄기를 식용으로 쓰는 구황 식물의 하나로 파, 마늘과 비슷하게 생김)'의
   북한말.
13 너무 익어 저절로 떨어진 살구.

살구벼락을 맞고 울다가 웃는 나를 보고

밑구멍에 털이 멫 자나 났나 보자고 한 것은 가즈랑집 할머니다

찰복숭아를 먹다가 씨를 삼키고는 죽는 것만 같어 하로종일

놀지도 못하고 밥도 안 먹은 것도

가즈랑집에 마을을 가서

당세¹⁴ 먹은 강아지같이 좋아라고 집오래¹⁵를 설레다가였다

─《사슴》, 1936. 1. 20.

---

14 '당수'. 물에 불린 곡식을 간 가루나 마른 메밀가루에 술을 조금 넣고 물을 부어 미음같이
   쑨 음식.
15 '집 근처'를 뜻하는 북한말.

고방[1]

낡은 질동이에는 갈 줄 모르는 늙은 집난이[2]같이 송구떡이 오래도록 남어 있었다

오지항아리에는 삼촌이 밥보다 좋아하는 찹쌀탁주가 있어서
삼촌의 임내[3]를 내어가며 나와 사촌은 시큼털털한 술을 잘도
채어 먹었다

제삿날이연 귀머거리 할아버지 가에서 왕밤을 밝고 싸리꼬치
에 두부산적을 께었다

손자아이들이 파리떼같이 모이면 곰의 발 같은 손을 언제나
내어둘렀다

---

1 '광'의 원말. 한자로는 '庫房'.
2 '시집간 딸'의 평안도 방언.
3 '흉내'의 평안도 방언.

구석의 나무말쿠지[4]에 할아버지가 삼는 소신 같은 짚신이 둑
둑[5]이 걸리어도 있었다

옛말이 사는 컴컴한 고방의 쌀독 뒤에서 나는 저녁 끼때에 부
르는 소리를 듣고도 못 들은 척하였다

—《사슴》, 1936. 1. 20.

---

4 '말코지(물건을 걸기 위하여 벽 따위에 달아 두는 나무 갈고리)'의 평안북도 방언.
5 '수두룩'의 비표준어.

모닥불

새끼오리[1]도 헌신짝도 소똥도 갓신창[2]도 개니빠디[3]도 너울쪽[4]
도 짚 검불도 가랑잎도 머리카락도 헝겊조각도 막대꼬치도 기왓
장도 닭의 짗[5]도 개터럭도 타는 모닥불

재당[6]도 초시도 문장門長 늙은이도 더부살이 아이도 새사위도
갓사둔도 나그네도 주인도 할아버지도 손자도 붓장사도 땜쟁이
도 큰 개도 강아지도 모두 모닥불을 쪼인다

모닥불은 어려서 우리 할아버지가 어미 아비 없는 서러운 아
이로 불쌍하니도 몽둥발이[7]가 된 슬픈 역사가 있다

—《사슴》, 1936. 1. 20.

1 '새끼줄'.
2 말총으로 된 질긴 끈의 한 종류.
3 '개 이빨'. '니빠디'는 '이빨'의 평안도 방언.
4 '널쪽'. 널조각, 널빤지의 조각.
5 '깃'의 옛말, 또는 평안도, 함경도, 강원도 방언.
6 집안, 또는 향촌의 제일 어른에 대한 존칭.
7 딸려 있던 것이 다 떨어지고 몸뚱이만 남아 있는 물건.

오리 망아지 토끼

오리치를 놓으러 아배는 논으로 내려간 지 오래다

오리는 동비탈에 그림자를 떨어트리며 날어가고 나는 동말랭이[1]에서 강아지처럼 아배를 부르며 울다가

시악[2]이 나서는 등 뒤 개울물에 아배의 신짝과 버선목과 대님오리[3]를 모다 던져버린다

장날 아츰에 앞 행길로 엄지 따러 지나가는 망아지를 내라고 나는 조르면

아배는 행길을 향해서 크다란 소리로

— 매지[4]야 오나라

— 매지야 오나라

새하러[5] 가는 아배의 지게에 치워 나는 산으로 가며 토끼를 잡

---

1 '동쪽 등성이'. '말랭이'는 '마루(지붕이나 산 따위의 꼭대기)'의 평안남도, 강원도 방언.
2 자기의 악한 성미를 믿음. 또는 그 성미로 부리는 악. 한자로는 '恃惡'.
3 대님의 낱개.
4 '망아지'의 평안도 방언.
5 '나무하러'. '새'는 '땔나무'의 평안북도 방언.

으리라고 생각한다

　맞구멍 난 토끼굴을 아배와 내가 막어서면 언제나 토끼새끼는
내 다리 아래로 달어났다

　나는 서글퍼서 서글퍼서 울상을 한다

—《사슴》, 1936. 1. 20.

초동일初冬日

흙담벽에 볕이 따사하니
아이들은 물코를 흘리며 무감자[1]를 먹었다

돌덜구[2]에 천상수天上水가 차게
복숭아나무에 시라리타래[3]가 말러갔다

—《사슴》, 1936. 1. 20.

---

1 '고구마'의 충청도 방언.
2 '덜구'는 '절구'의 평안도 방언.
3 시래기를 엮은 타래. '시라리'는 '시래기'의 평안남도, 전라남도 방언.

하답夏畓

짝새¹가 발뿌리²에서 닐은³ 논드렁⁴에서 아이들은 개구리의 뒷다리를 구워 먹었다

게구멍을 쑤시다 물쿤하고 배암을 잡은 늪⁵의 피 같은 물이끼에 햇볕이 따그웠다

돌다리에 앉어 날버들치를 먹고 몸을 말리는 아이들은 물총새가 되었다

—《사슴》, 1936. 1. 20.

1 '뱁새'.
2 '발부리'. 발끝의 뾰족한 부분.
3 '일어난'. '닐다'는 '일어나다'의 옛말.
4 '논두렁'의 옛말.
5 '늪'의 평안도 방언.

적경寂境

신 살구를 잘도 먹드니 눈 오는 아츰
나어린 안해[1]는 첫아들을 낳었다

인가人家 멀은 산중에
까치는 배나무에서 즞는다[2]

컴컴한 부엌에서는 늙은 홀아비의 시아부지가 미역국을 끓인다
그 마을의 외따른 집에서도 산국[3]을 끓인다

—《사슴》, 1936. 1. 20.

---

1 '아내'의 옛말, 또는 북한말.
2 '즞다'는 '짖다'의 옛말.
3 산모가 먹는 미역국.

미명계 未明界

자즌닭[1]이 울어서 술국을 끓이는 듯한 추탕鰍湯집의 부엌은 뜨
수할 것같이 불이 뿌연히 밝다

초롱이 히근하니 물지게꾼이 우물로 가며
별 사이에 바라보는 그믐달은 눈물이 어리었다

행길에는 선장[2] 대여가는 장꾼들의 종이등燈에 나귀 눈이 빛
났다
어데서 서러웁게 목탁을 뚜드리는 집이 있다

—《사슴》, 1936. 1. 20.

1 자주 우는 새벽닭.
2 이른 장.

성외 城外

어두워오는 성문 밖의 거리
도야지를 몰고 가는 사람이 있다

엿방 앞에 엿궤가 없다

양철통을 쩔렁거리며 달구지는 거리 끝에서 강원도로 간다는
길로 든다

술집 문창에 그느슥한¹ 그림자는 머리를 얹혔다

—《사슴》, 1936. 1. 20.

---

1 '그늑하다'는 '끄느름하다(흐려 어둠침침하다)'의 평안북도 방언.

추일산조秋日山朝

아츰볕에 섶구슬이 한가로이 익는 골짝에서 꿩은 울어 산울림
과 장난을 한다

산마루를 탄 사람들은 새꾼[1]들인가
파란 한울에 떨어질 것같이
웃음소리가 더러 산 밑까지 들린다

순례巡禮중이 산을 올라간다
어젯밤은 이 산 절에 재齋가 들었다

무릿돌[2]이 굴어나리는 건 중의 발꿈치에선가

— 《사슴》, 1936. 1. 20.

---

1 '나무꾼'의 평안도 방언.
2 여러 개의 작은 돌맹이들.

광원曠原

흙꽃[1] 니는 이른 봄의 무연한 벌을
경편철도輕便鐵道[2]가 노새의 맘을 먹고 지나간다

멀리 바다가 뵈이는
가정차장假停車場도 없는 벌판에서
차는 머물고
젊은 새악시 둘이 나린다

— 《사슴》, 1936. 1. 20.

---

1 '흙먼지'.
2 통행하는 기관차의 크기가 작고 궤도의 너비도 좁은 철도.

청시 青柿

별 많은 밤
하누바람¹이 불어서
푸른 감이 떨어진다 개가 즞는다

―《사슴》, 1936. 1. 20.

---

1 '하늬바람'의 강원도, 전라도 방언.

산비

산뽕잎에 빗방울이 친다
멧비둘기가 닐은다
나무둥걸에서 자벌기[1]가 고개를 들었다 멧비둘기편을 본다

―《사슴》, 1936. 1. 20.

1 '자벌레'. '벌기'는 '벌레'의 평안도, 함경남도, 경상도 방언.

쓸쓸한 길

거적장사 하나 산 뒷옆 비탈을 오른다
아— 따르는 사람도 없이 쓸쓸한 쓸쓸한 길이다
산가마귀[1]만 울며 날고
도적갠가 개 하나 어정어정 따러간다
이스라치[2]전이 드나 머루전이 드나
수리취 땅버들의 하이얀 복[3]이 서러웁다
뜨물같이 흐린 날 동풍同風이 설렌다

---

1 '가마귀'는 '까마귀'를 예스럽게 이르는 말.
2 산앵두나무의 열매.
3 '옷[服]'.

자류_{柘榴}¹

남방토_{南方土} 풀 안 돋은 양지귀²가 본이다
햇비³ 멎은 저녁의 노을 먹고 산다

태고에 나서
선인도_{仙人圖}가 꿈이다
고산정토_{高山淨土}에 산약_{山藥} 캐다 오다

달빛은 이향_{異鄕}
눈은 정기 속에 어우러진 싸움

—《사슴》, 1936. 1. 20.

---

1 '석류'의 비표준어.
2 양지_{陽地}의 가장자리.
3 '여우비'의 함경남도 방언.

머루밤

불을 끈 방 안에 횃대의 하이얀 옷이 멀리 추울 것같이

개방위方位¹로 말방울 소리가 들려온다

문을 연다 머루빛 밤한울에
송이버슷²의 내음새가 났다

—《사슴》, 1936. 1. 20.

1 '술방戌方'. '술방'은 24방위의 하나로 정서正西에서 북쪽으로 30도의 방위를 중심한 15도
  각도 안의 방위.
2 '버섯'의 옛말, 또는 함경도 방언.

여승

여승은 합장하고 절을 했다
가지취의 내음새가 났다
쓸쓸한 낮이 옛날같이 늙었다
나는 불경佛經처럼 서러워졌다

평안도의 어늬 산 깊은 금덤판[1]
나는 파리한 여인에게서 옥수수를 샀다
여인은 나어린 딸아이를 따리며 가을밤같이 차게 울었다

섶벌같이 나아간 지아비 기다려 십년이 갔다
지아비는 돌아오지 않고
어린 딸은 도라지꽃이 좋아 돌무덤으로 갔다

산꿩도 설게 울은 슬픈 날이 있었다
산 절의 마당귀에 여인의 머리오리[2]가 눈물방울과 같이 떨어

---

1 '금점판'. 예전에 주로 수공업적 방식으로 작업하던 금광의 일터.
2 낱낱의 머리털, 즉 '머리카락'을 뜻함.

진 날이 있었다

—《사슴》, 1936. 1. 20.

수라 修羅[1]

거미새끼 하나 방바닥에 나린 것을 나는 아무 생각 없이 문밖
으로 쓸어버린다
　차디찬 밤이다

어니젠가 새끼거미 쓸려나간 곳에 큰거미가 왔다
나는 가슴이 짜릿한다
나는 또 큰거미를 쓸어 문밖으로 버리며
찬 밖이라도 새끼 있는 데로 가라고 하며 서러워한다

이렇게 해서 아린 가슴이 싹기도[2] 전이다
어데서 좁쌀알만 한 알에서 가제[3] 깨인 듯한 발이 채 서지도
못한 무척 적은 새끼거미가 이번엔 큰거미 없어진 곳으로 와서
아물거린다
　나는 가슴이 메이는 듯하다

1　'아수라阿修羅'. 얼굴이 셋에 팔이 여섯인 싸움을 일삼는 무서운 귀신을 일컫는 불교 용어.
2　'삭기도'. '싹다'는 '삭다'의 경상북도 방언.
3　'갓', '방금'의 평안도 방언.

내 손에 오르기라도 하라고 나는 손을 내어미나 분명히 울고불

고할 이 작은 것은 나를 무서우이 달아나버리며 나를 서럽게 한다

나는 이 작은 것을 고이 보드러운 종이에 받어 또 문밖으로 버

리며

이것의 엄마와 누나나 형이 가까이 이것의 걱정을 하며 있다

가 쉬이 만나기나 했으면 좋으련만 하고 슬퍼한다

—《사슴》, 1936. 1. 20.

노루

산골에서는 집터를 츠고[1] 달궤[2]를 닦고
보름달 아래서 노루고기를 먹었다

—《사슴》, 1936. 1. 20.

1 '내고', '츠다'는 '내다'의 평안북도 방언.
2 '달구(땅을 단단하게 다지는 데 쓰는 기구)'의 평안북도 방언.

절간의 소 이야기

병이 들면 풀밭으로 가서 풀을 뜯는 소는 인간보다 영靈해서
열 걸음 안에 제 병을 낫게 할 약이 있는 줄을 안다고

수양산의 어늬 오래된 절에서 칠십이 넘은 로장[1]은 이런 이야
기를 하며 치맛자락의 산나물을 추었다[2]

— 《사슴》, 1936. 1. 20.

1 '노장老長'은 늙은 승려를 높여 이르는 말.
2 '추다'는 '추리다'의 비표준어.

오금덩이라는 곳

어스름저녁 국수당[1] 돌각담의 수무나무 가지에 녀귀[2]의 탱을
걸고 나물매 갖추어놓고 비난수[3]를 하는 젊은 새악시들
— 잘 먹고 가라 서리서리 물러가라 네 소원 풀었으니 다시 침
노 말아라

벌개늪역[4]에서 바리깨[5]를 뚜드리는 쇳소리가 나면
누가 눈을 앓어서 부증이 나서 찰거마리[6]를 부르는 것이다
마을에서는 피성한[7] 눈슭[8]에 저린 팔다리에 거마리를 붙인다

여우가 우는 밤이면

---

1 '서낭당'의 평안도 방언.
2 '여귀厲鬼(제사를 받지 못하는 귀신이나 돌림병으로 죽은 귀신)', 또는 '여귀女鬼(여자 귀신)'.
3 귀신에게 비는 소리를 뜻하는 민속 용어.
4 '벌건 빛의 늪가'. '역'은 '언저리'의 평안도 방언.
5 '주발 뚜껑'의 평안도 방언.
6 '거마리'는 '거머리'의 북한말.
7 피멍이 심하게 든.
8 '눈시울'. '슭'은 '솔기(옷이나 이부자리 따위를 지을 때, 두 장의 천을 실로 꿰매어 이어 놓은 부
분)'의 평안북도 방언.

잠 없는 노친네들은 일어나 팥을 깔이며 방뇨를 한다

여우가 주둥이를 향하고 우는 집에서는 다음날 으레히 흉사가

있다는 것은 얼마나 무서운 말인가

—《사슴》, 1936. 1. 20.

시기柿崎[1]의 바다

저녁밥 때 비가 들어서
바다엔 배와 사람이 홍성하다

참대창에 바다보다 푸른 고기가 께우며[2] 섬돌에 곱조개가 붙
는 집의 복도에서는 배창에 고기 떨어지는 소리가 들렸다

이슥하니 물기에 누굿이 젖은 왕구새자리[3]에서 저녁상을 받은
가슴 앓는 사람은 참치회를 먹지 못하고 눈물겨웠다

어득한 기슭의 행길에 얼굴이 해쓱한 처녀가 새벽달같이
아 아즈내[4]인데 병인病人은 미역 냄새 나는 덧문을 닫고 버러지
같이 누웠다

—《사슴》, 1936. 1. 20.

---

1 '가키사키'. 일본 시즈오카현 이즈반도의 시모다 항구 근처의 도시.
2 '꿰이며'. '께다'는 '꿰다'의 경상도, 전라도, 충청남도 방언.
3 '왕골자리'. 왕골껍질을 짚에 싸서 엮은 자리.
4 '아지내'. '초저녁'의 평안도 방언.

창의문외彰義門外

　무이밭에 흰나비 나는 집 밤나무 머루넝쿨 속에 키질하는 소리만이 들린다

　우물가에서 까치가 자꼬 즞거니 하면

　붉은 수탉이 높이 샛더미[1] 우로 올랐다

　텃밭가 재래종의 임금林檎나무[2]에는 이제도 콩알만 한 푸른 알이 달렸고 히스무레한 꽃도 하나 둘 퓌여 있다

　돌담 기슭에 오지항아리 독이 빛난다

—《사슴》, 1936. 1. 20.

---

1 '새(땔감)더미'.
2 '능금나무'.

정문촌旌門村

주홍칠이 날은 정문旌門[1]이 하나 마을 어구에 있었다

'효자노적지지정문孝子盧迪之之旌門' — 몬지[2]가 겹겹이 앉은 목각
의 액額에
나는 열 살이 넘도록 갈지자 둘을 웃었다

아카시아꽃의 향기가 가득하니 꿀벌들이 많이 날어드는 아츰
구신은 없고 부헝이가 담벽을 띠쫗고 죽었다

기왓골에 배암이 푸르스름히 빛난 달밤이 있었다
아이들은 쪽재피[3]같이 먼 길을 돌았다

정문집 가난이는 열다섯에
늙은 말꾼한테 시집을 갔겄다   —《사슴》, 1936. 1. 20.

---

1 충신, 효자, 열녀 들을 표창하기 위해 그 집 앞에 세우던 붉은 문.
2 '먼지'의 방언.
3 '족제피'. '족제비'의 함경남도 방언.

여우난골

박을 삶는 집
할아버지와 손자가 오른 지붕 우에 한울빛이 진초록이다
우물의 물이 쓸 것만 같다

마을에서는 삼굿[1]을 하는 날
건넌마을서 사람이 물에 빠져 죽었다는 소문이 왔다

노란 싸릿잎이 한불[2] 깔린 토방에 햇츩[3]방석을 깔고
나는 호박떡을 맛있게도 먹었다

어치라는 산새는 벌배 먹어 고읍다는 골에서 돌배 먹고 아픈
배를 아이들은 떨배 먹고 나았다고 하였다

—《사슴》, 1936. 1. 20.

1 삼의 껍질을 벗기기 위해 구덩이나 솥에 넣고 찌는 일.
2 상당히 많은 것들이 하나의 표면을 덮고 있는 상태.
3 '햇칡'. '츩'은 '칡'의 옛말.

삼방三房[1]

갈부던 같은 약수터의 산山거리엔 나무그릇과 다래나무지팽이
가 많다

산 너머 십오 리서 나무 뒝치 차고 싸리신 신고 산山비에 촉촉
이 젖어서 약물을 받으러 오는 두멧아이들도 있다

아랫마을에서는 애기무당이 작두를 타며 굿을 하는 때가 많다

—《사슴》, 1936. 1. 20.

---

1 과거 함경남도 안변군의 명승지. 남북 간의 중요한 통로로서 세 군데에 통행인을 검사하는
   관방關防을 두었던 데서 유래한 이름이다. '삼방약수'로도 유명하다.

제 2 부 함주시초

통영統營

　구마산舊馬山의 선창에선 좋아하는 사람이 울며 나리는 배에
올라서 오는 물길이 반날
　갓 나는 고장은 갓 같기도 하다

　바람 맛도 짭짤한 물맛도 짭짤한

　전북¹에 해삼에 도미 가재미의 생선이 좋고
　파래에 아개미에 호루기의 젓갈이 좋고

　새벽녘의 거리엔 쾅쾅 북이 울고
　밤새껏 바다에선 뿡뿡 배가 울고

　자다가도 일어나 바다로 가고 싶은 곳이다

　집집이 아이만 한 피도 안 간 대구를 말리는 곳

---

1 '전복'의 강원도, 경상남도 방언.

황화장사² 령감³이 일본말을 잘도 하는 곳

처녀들은 모두 어장주漁場主한테 시집을 가고 싶어 한다는 곳

산 너머로 가는 길 돌각담에 갸웃하는 처녀는 금錦이라든 이 같고

내가 들은 마산 객주집의 어린 딸은 난蘭이라는 이 같고

난이라는 이는 명정明井골에 산다든데

명정골은 산을 넘어 동백나무 푸르른 감로甘露 같은 물이 솟는 명정샘이 있는 마을인데

샘터엔 오구작작⁴ 물을 긷는 처녀며 새악시들 가운데 내가 좋아하는 그이가 있을 것만 같고

내가 좋아하는 그이는 푸른 가지 붉게붉게 동백꽃 피는 철엔 타관 시집을 갈 것만 같은데

긴 토시 끼고 큰머리 얹고 오불고불 넘엣거리로 가는 여인은 평안도서 오신 듯한데 동백꽃 피는 철이 그 언제요

옛 장수 모신 낡은 사당의 돌층계에 주저앉아서 나는 이 저녁 울 듯 울 듯 한산도 바다에 뱃사공이 되여가며

녕⁵ 낮은 집 담 낮은 집 마당만 높은 집에서 열나흘 달을 업고 손방아만 찧는 내 사람을 생각한다

— 〈조선일보〉, 1936. 1. 23.

2 '황아장수'. 집집을 찾아다니며 담배쌈지, 바늘, 실 등의 자질구레한 일용품을 파는 사람.
3 '영감(나이가 많은 남자를 대접하여 이르는 말)'의 북한말.
4 어린아이들이 한곳에 모여 떠드는 모양을 나타내는 말.
5 '지붕'의 평안북도 방언.

오리

오리야 네가 좋은 청명淸明 밑께 밤은
옆에서 누가 뺨을 쳐도 모르게 어둡다누나
오리야 이때는 따디기[1]가 되어 어둡단다

아무리 밤이 좋은들 오리야
해변벌에선 얼마나 너희들이 욱자지껄하며 멕이기에
해변땅에 나들이 갔든 할머니는
오리새끼들은 장뫃이[2]나 하듯이 떠들썩하니 시끄럽기도 하드
란 숭[3]인가

그래도 오리야 호젓한 밤길을 가다
가까운 논배미들에서
까알까알 하는 너희들의 즐거운 말소리가 나면
나는 내 마을 그 아는 사람들의 지껄지껄하는 말소리같이 반

---

1 '따지기'. 이른 봄, 얼었던 흙이 풀리려고 할 즈음.
2 장날 장터에 사람들이 모여 붐비는 모양.
3 '흉'의 방언.

가웁고나
　　오리야 너희들의 이야기판에 나도 들어
　　밤을 같이 밝히고 싶고나

　　오리야 나는 네가 좋구나 네가 좋아서
　　벌논의 눞 옆에 쭈구렁벼알 달린 짚 검불을 널어놓고
　　닭이짖 올코⁴에 새끼달은치⁵를 묻어놓고
　　동둑 넘에 숨어서
　　하로진일⁶ 너를 기다린다

　　오리야 고운 오리야 가만히 안겼거라
　　너를 팔어 술을 먹는 노盧장에 령감은
　　홀아비 소의연⁷ 침을 놓는 영감인데
　　나는 너를 백통전 하나 주고 사오누나

　　나를 생각하든 그 무당의 딸은 내 어린 누이에게
　　오리야 너를 한 쌍 주드니
　　어린 누이는 없고 저는 시집을 갔다건만
　　오리야 너는 한 쌍이 날어가누나

— 〈조광〉, 1936. 2.

4　'올가미'의 평안북도 방언.
5　'다랑치'. 새끼줄을 엮어 만든 바구니. '달은치'는 '바구니'의 평안북도 방언.
6　'하루 종일'.
7　'소의원'. 소의 병을 침술로 고치는 사람.

연자간

달빛도 거지도 도적개도 모다 즐겁다
풍구재^{1}도 얼룩소도 쇠드랑볕^{2}도 모다 즐겁다

도적괭이 새끼락이 나고
살진 쪽제비 트는 기지개 길고

홰냥닭^{3}은 알을 낳고 소리치고
강아지는 겨를 먹고 오줌 싸고

개들은 게모이고 쌈지거리^{4}하고
놓여난 도야지 둥구재벼오고^5

송아지 잘도 놀고

1 '풍구(곡물에 섞인 이물질을 바람으로 날려 제거하는 농기구)'의 평안북도 방언.
2 '쇠스랑볕'. 쇠스랑 형태의 창살로 비치는 볕.
3 홰에 올라앉은 닭.
4 '쌈짓거리'의 북한말.
5 '붙잡혀 들려오고'.

까치 보해[6] 짖고

신영[7]길 말이 울고 가고
장돌림[8] 당나귀도 울고 가고

대들보 우에 베틀도 채일[9]도 토리개[10]도 모도들 편안하니
구석구석 후치[11]도 보습도 쇠스랑도 모도들 편안하니

— 〈조광〉, 1936. 3.

---

6 '뽀해'. 드나드는 것이 매우 잦다는 뜻의 평안북도 방언.
7 '친영親迎'. 육례의 하나로 신랑이 신부의 집에 가서 신부를 직접 맞이하는 의식.
8 여러 장을 돌아다니며 물건을 파는 장수.
9 '차일遮日'. 햇볕을 가리기 위하여 치는 포장.
10 '씨아(목화씨를 빼내는 기구)'의 평안도 방언.
11 '쟁기'의 평안도, 황해도 방언.

황일黃日

한 십리 더 가면 절간이 있을 듯한 마을이다 낮 기울은 볕이 장글장글하니 따사하다 흙은 젖이 커서 살갗이 깨서 아지랑이 낀 속이 안타까운가보다 뒤울안에 복사꽃 핀 집엔 아무도 없나 보다 뷔인 집에 꿩이 날어와 다니나보다 울 밖 늙은 들매나무에 튀튀새 한불[1] 앉었다 흰 구름 따러가며 딱장벌레 잡다가 연둣빛 잎새가 좋아 올라왔나보다 밭머리에도 복사꽃 피었다 새악시도 피었다 새악시 복사꽃이다 복사꽃 새악시다 어데서 송아지 매— 하고 운다 골갯논두렁[2]에서 미나리 밟고 서서 운다 복사나무 아래 가 흙장난하며 놀지 왜 우노 자개밭[3]둑에 엄지 어데 안 가고 누웠다 아룻동리선가 말 웃는 소리 무서운가 아룻동리 망아지 네 소리 무서울라 담모도리[4] 바윗잔등에 다람쥐 해바라기하다 조은다 토끼잠 한잠 자고 나서 세수한다 흰 구름 건넌산으로 가는 길에 복사꽃 바라노라 섰다 다람쥐 건넌산 보고 부르는 푸념이

---

1 '한 무리'.
2 '골개'는 좁은 골짜기로 흐르는 개울.
3 '자갈밭'의 평안북도 방언.
4 '담모서리'. '모도리'는 '모서리'의 평안북도 방언.

간지럽다
　저기는 그늘 그늘 여기는 챙챙—
　저기는 그늘 그늘 여기는 챙챙—

— 〈조광〉, 1936. 3.

탕약湯藥

눈이 오는데

토방에서는 질화로 우에 곱돌탕관[1]에 약이 끓는다

삼에 숙변에 목단에 백복령에 산약에 택사의 몸을 보한다는

육미탕六味湯이다

약탕관에서는 김이 오르며 달큼한 구수한 향기로운 내음새가

나고

약이 끓는 소리는 삐삐 즐거웁기도 하다

그리고 다 달인 약을 하이얀 약사발에 받어놓은[2] 것은

아득하니 깜하야 만년 옛적이 들은 듯한데

나는 두 손으로 고이 약그릇을 들고 이 약을 내인 옛사람들을

생각하노라면

내 마음은 끝없이 고요하고 또 맑어진다

— 〈조광〉, 1936. 3.

---

1 곱돌로 만든 약탕관. '곱돌'은 솥, 도가니, 탕관 등을 만드는 재료로 쓰이는, 촉감이 매끈매끈하고
  광택이 나는 광물을 통틀어 이르는 말.
2 '받아놓은'. '받다'는 체 같은 데에 부어 국물만 받아놓다는 뜻.

이두국주가도 伊豆國湊街道[1]

옛적본의[2] 휘장마차에
어느메 촌중의 새 새악시와도 함께 타고
먼 바닷가의 거리로 간다는데
금귤이 눌한[3] 마을마을을 지나가며
싱싱한 금귤을 먹는 것은 얼마나 즐거운 일인가

— 〈조광〉, 1936. 3.

---

1 일본 '이즈반도[伊豆國]'의 해안도로[湊街道].
2 '옛날식의'.
3 '누런'.

남행시초 南行詩抄

창원도 昌原道

솔포기[1]에 숨었다
토끼나 꿩을 놀래주고 싶은 산허리의 길은

엎데서[2] 따스하니 손 녹히고 싶은 길이다

개 데리고 호이호이 휘파람 불며
시름 놓고 가고 싶은 길이다

괴나리봇짐 벗고 땃불[3] 놓고 앉어
담배 한 대 피우고 싶은 길이다

승냥이 줄레줄레 달고 가며

---

1 가지가 소복하게 퍼진 작은 소나무.
2 '엎드려서'. '엎(업)데다'는 '엎드리다'의 평안도 방언.
3 '땅불'.

덕신덕신[4] 이야기하고 싶은 길이다
덕거머리총각[5]은 정든 님 업고 오고 싶을 길이다

통영統營

통영 장 낫대들었다[6]

갓 한 닢 쓰고 건시 한 접 사고 홍공단 단기[7] 한 감 끊고 술 한
병 받어들고

화륜선 만져보려 선창 갔다

오다 가수내[8] 들어가는 주막 앞에
문둥이 품바타령 듣다가

열니레 달이 올라서
나룻배 타고 판데목[9] 지나간다 간다

4 '욱신덕신'. 여럿이 한데 모여 몹시 어수선하게 움직이는 모양.
5 '더꺼머리총각'. '떠꺼머리총각'의 북한말.
6 '낫다('나아가다'의 옛말)'와 '대들다'가 결합된 말로 풀이됨.
7 붉은 빛깔의 공단(홍공단)으로 만든 댕기(단기).
8 '계집아이'의 경상남도 방언.
9 통영반도와 미륵도 사이에 있는 좁은 수로.

고성가도固城[10]街道

고성장 가는 길
해는 둥둥 높고

개 하나 얼린하지 않는 마을은
해바른 마당귀에 맷방석 하나
빨갛고 노랗고
눈이 시울은[11] 곱기도 한 건반밥[12]
아 진달래 개나리 한참 퓌였구나

가까이 잔치가 있어서
곱디고운 건반밥을 말리우는 마을은
얼마나 즐거운 마을인가

어쩐지 당홍치마 노란저고리 입은 새악시들이
웃고 살을 것만 같은 마을이다

---

10 경상남도 남부 중앙에 있는 군. 명승지로 옥천사, 쌍족암 등이 있음.
11 '눈부신'. '시울다'는 눈이 부셔 바로보기가 거북하다는 뜻의 북한말.
12 인절미를 만들거나 술밑으로 쓰기 위해 찹쌀이나 멥쌀을 물에 불려 시루에 찐 고두밥.

삼천포三千浦

졸레졸레 도야지새끼들이 간다
귀밑이 재릿재릿하니 볕이 담복 따사로운 거리다

잿더미에 까치 오르고 아이 오르고 아지랑이 오르고

해바라기하기 좋을 볏곡간 마당에
볏짚같이 누우란 사람들이 둘러서서
어늬 눈 오신 날 눈을 츠고[13] 생긴듯한 말다툼 소리도 누우라니

소는 기르매[14] 지고 조은다

아 모두들 따사로이 가난하니

— 〈조선일보〉, 1936. 3. 5~8.

---

13 '치다(치우다)'의 옛말, 또는 '버릇다(벌여서 어수선하게 늘어놓다)'의 평안북도 방언.
14 '길마(짐을 싣거나 수레를 끌기 위해 소나 말 따위의 등에 얹는 안장)'의 평안도, 강원도 방언.

함주시초咸州詩抄

북관北關[1]

명태 창난젓에 고추무거리[2]에 막칼질한 무이를 뷔벼 익힌 것을
이 투박한 북관을 한없이 끼밀고[3] 있노라면
쓸쓸하니 무릎은 꿇어진다

시큼한 배척한[4] 퀴퀴한 이 내음새 속에
나는 가느슥히 여진女眞의 살내음새를 맡는다

얼근한 비릿한 구릿한 이 맛 속에선
까마득히 신라 백성의 향수鄉愁도 맛본다

---

1 '함경도'를 달리 이르는 말.
2 고추를 빻아 가루를 치고 남은 찌꺼기를 이르는 북한말.
3 '깨물고' 혹은 '씹고'.
4 '배척지근한'의 줄임말. '배척지근하다'는 '배착지근하다(비위에 맞지 않고 조금 비린 듯하다)'의
   비표준어.

노루

장진長津 땅이 지붕 넘에 넘석하는[5] 거리다
자구나무 같은 것도 있다
기장감주에 기장차떡이 흔한 데다
이 거리에 산골사람이 노루새끼를 다리고 왔다

산골사람은 막베등거리[6] 막베잠방둥에[7]를 입고
노루새끼를 닮었다
노루새끼 등을 쓸며
터 앞에 당콩[8]순을 다 먹었다 하고
서른닷 냥 값을 부른다
노루새끼는 다문다문 흰 점이 백이고 배 안의 털을 너슬너슬 벗고
산골사람을 닮었다

산골사람의 손을 핥으며
약자[9]에 쓴다는 흥정소리를 듣는 듯이
새까만 눈에 하이얀 것이 가랑가랑한다

5 '넘어다보이는'. '넘석하다'는 '넘성하다(한 번 넘어다보다)'의 북한말.
6 '등거리'는 등에 걸쳐 입는 홑옷. 주로 베나 무명으로 만든다.
7 '잠방이(길이가 무릎까지 오도록 짧게 만든 남성용 홑바지)'와 '둥에' 곧 '고의(남자의 여름
   홑바지)'의 평안북도 방언이 합쳐진 말.
8 '강낭콩'의 평안도, 함경도 방언.
9 '약재藥材'.

고사古寺

부뚜막이 두 길이다
이 부뚜막에 놓인 사닥다리로 자박수염[10] 난 공양주는 성궁미[11]
를 지고 오른다

한 말 밥을 한다는 크나큰 솥이
외면하고 가부 틀고 앉아서 염주도 세일만하다

화라지송침[12]이 단째로 들어간다는 아궁지
이 험상궂은 아궁지도 조앙[13]님은 무서운가보다

농마루[14]며 바람벽은 모두들 그느슥히
흰밥과 두부와 튀각과 자반을 생각나 하고

하품도 남즉하니 불기[15]와 유종[16]들이
묵묵히 팔짱 끼고 쭈구리고 앉었다
재 안 드는 밤은 불도 없이 캄캄한 까막나라에서

10 끝이 비틀리면서 아래로 잦혀진 콧수염을 가리키는 북한말.
11 '성궁'에게 바치는 쌀. '성궁'은 '칠성굿(칠성신을 모시는 굿)'의 평안북도 방언.
12 '화라지'는 옆으로 길게 뻗은 나뭇가지를 땔나무로 이르는 말이고 '송침'은 땔감으로 쓰려고
    꺾어 말린 소나무 가지를 이르는 말.
13 '조앙'은 '부뚜막'의 평안남도 방언. 여기서는 '조왕竈王', 즉 부엌을 맡고 있는 신을 가리킴.
14 '천장'의 평안도 방언.
15 부처에게 올릴 밥을 담는 놋그릇.
16 놋그릇으로 만든 종발.

조앙님은 무서운 이야기나 하면
모두들 죽은 듯이 엎데였다 잠이 들 것이다

선우사膳友辭

낡은 나조반[17]에 흰밥도 가재미도 나도 나와 앉아서
쓸쓸한 저녁을 맞는다

흰밥과 가재미와 나는
우리들은 그 무슨 이야기라도 다 할 것 같다
우리들은 서로 미덥고 정답고 그리고 서로 좋구나

우리들은 맑은 물밑 해정한[18] 모래톱에서 하구 긴 날을 모래알
만 헤이며 잔뼈가 굵은 탓이다
　바람 좋은 한벌판에서 물닭이 소리를 들으며 단이슬[19] 먹고 나
이 들은 탓이다
　외따른 산골에서 소리개 소리 배우며 다람쥐 동무하고 자라난
탓이다
　우리들은 모두 욕심이 없어 희어졌다

17　'나조반'은 표준어로는 나좃대(전통 혼례식에서 납채 때 불을 켜는 물건)를 받쳐놓는 쟁반을
　　가리키나 여기서는 '나주반(전라남도 나주에서 만들어지는 소반小盤)'을 가리킴.
18　깨끗하고 맑은.
19　사람이나 생물에 유익하다고 생각되는 이슬을 가리키는 북한말.

착하디착해서 세괏은[20] 가시 하나 손아귀 하나 없다
너무나 정갈해서 이렇게 파리했다

우리들은 가난해도 서럽지 않다
우리들은 외로워할 까닭도 없다
그리고 누구 하나 부럽지도 않다

흰밥과 가재미와 나는
우리들이 같이 있으면
세상 같은 건 밖에 나도 좋을 것 같다

산곡山谷

돌각담에 머루송이 깜하니 익고
자갈밭에 아즈까리 알이 쏟아지는
잠풍[21]하니 볕바른 골짝이다
나는 이 골짝에서 한겨을[22]을 날려고 집을 한 채 구하였다

집이 몇 집 되지 않는 골 안은

---

20 성질이나 기세가 억세고 날카로운.
21 드러나지 않게 잔잔히 부는 바람.
22 '겨을'은 '겨울'의 제주도 방언.

모두 터앝²³에 김장감이 퍼지고
뜨락에 잡곡낟가리가 쌓여서
어니²⁴ 세월에 뷔일 듯한 집은 뵈이지 않았다
나는 자꼬 골 안으로 깊이 들어갔다

골이 다한 산대²⁵ 밑에 자그마한 돌능와²⁶집이 한 채 있어서
이 집 남길동²⁷ 단 안주인은 겨울이면 집을 내고
산을 돌아 거리로 나려간다는 말을 하는데
해바른 마당에는 꿀벌이 스무나문 통 있었다

낮 기울은 날을 햇볕 장글장글한 툇마루에 걸어앉어서
지난여름 도락구²⁸를 타고 장진長津 땅에 가서 꿀을 치고 돌아왔
다는 이 벌들을 바라보며 나는
날이 어서 추워져서 쑥국화꽃도 시들고 이 바즈런한 백성들도
다 제 집으로 들은 뒤에 이 골 안으로 올 것을 생각하였다

— 〈조광〉, 1937. 10.

23 집의 울안에 있는 작은 밭.
24 '어느'의 평안도 방언.
25 '산꼭대기'의 경상북도 방언인 '산대배기'의 줄임말.
26 '돌능에'. '너와'의 평안북도 방언.
27 '남색 길동'. '길동'은 '끝동(여자의 저고리 소맷부리에 댄 다른 색의 천)'의 평안북도 방언.
28 '도라꾸'. 트럭의 일본식 발음.

바다

바닷가에 왔드니
바다와 같이 당신이 생각만 나는구려
바다와 같이 당신을 사랑하고만 싶구려

구붓하고¹ 모래톱을 오르면
당신이 앞선 것만 같구려
당신이 뒤선 것만 같구려

그리고 지중지중 물가를 거닐면
당신이 이야기를 하는 것만 같구려
당신이 이야기를 끊은 것만 같구려

바닷가는
개지꽃²에 개지 아니 나오고

---

1 '구붓하다'는 약간 굽은 듯하다란 뜻.
2 '나팔꽃'의 평안북도 방언.

고기비눌에 하이얀 햇볕만 쇠리쇠리하야[3]
어쩐지 쓸쓸만 하구려 섧기만 하구려

— 〈여성〉, 1937. 10.

3 '쇠리쇠리하다'는 '(눈이) 부시다'의 평안북도 방언.

단풍

빨간 물 짙게 든 얼굴이 아름답지 않느뇨.

빨간 정 무르녹는 마음이 아름답지 않으뇨.

단풍 든 시절은 새빨간 웃음을 웃고 새빨간 말을 지즐댄다.

어데 청춘을 보낸 서러움이 있느뇨.

어데 노사老死를 앞둘 두려움이 있느뇨.

재화가 한끝 풍성하야 시월 햇살이 무색하다.

사랑에 한창 익어서 살찐 띠몸이 불탄다.

영화의 자랑이 한창 현란해서 청청한 울이 눈부셔한다.

시월 시절은 단풍 얼굴이요, 또 마음인데 시월 단풍도
높다란 낭떨어지에 두서너 나무 깨웃듬이 외로히 서서 한들거
리는 것이 기로다.

시월 단풍은 아름다우나 사랑하기를 삼갈 것이니 울어서도 다
하지 못한 독한 원한이 빨간 자주로 지지우리지¹ 않느뇨.

— 〈여성〉, 1937. 10.

---

1 황홀할 정도로 환하게 빛나지.

추야일경 秋夜一景

닭이 두 홰나 울었는데
안방 큰방은 홰즛하니 당등[1]을 하고
인간들은 모두 웅성웅성 깨여 있어서들
오가리[2]며 섞박지를 썰고
생강에 파에 청각에 마눌을 다지고

시래기를 삶는 훈훈한 방 안에는
양념 내음새가 싱싱도 하다

밖에는 어데서 물새가 우는데
토방에선 햇콩두부가 고요히 숨이 들어갔다

— 〈삼천리문학〉, 1938. 1.

---

1 '장등長燈(밤새도록 등불을 켜둠)'의 평안도 방언.
2 무나 호박 따위를 길게 썰어 말린 것.

93

산중음山中吟

산숙山宿

여인숙이라도 국숫집이다

모밀가루 포대가 그득하니 쌓인 웃간은 들믄들믄 더웁기도
하다

나는 낡은 국수분틀과 그즈런히 나가 누워서

구석에 데굴데굴하는 목침들을 베여보며

이 산골에 들어와서 이 목침들에 새까마니 때를 올리고 간 사
람들을 생각한다

그 사람들의 얼골[1]과 생업과 마음들을 생각해본다

향악饗樂

초생달이 귀신불같이 무서운 산골 거리에선

---

1 '얼굴'의 옛말, 또는 비표준어.

처마 끝에 종이등의 불을 밝히고
쩌락쩌락 떡을 친다
감자떡이다
이젠 캄캄한 밤과 개울물 소리만이다

야반夜半

토방에 승냥이 같은 강아지가 앉은 집
부엌으론 무럭무럭 하이얀 김이 난다
자정도 훨씬 지났는데
닭을 잡고 모밀국수를 눌은다고 한다
어느 산 옆에선 캥캥 여우가 운다

백화白樺

산골 집은 대들보도 기둥도 문살도 자작나무다
밤이면 캥캥 여우가 우는 산도 자작나무다
그 맛있는 모밀국수를 삶는 장작도 자작나무다
그리고 감로甘露같이 단샘이 솟는 박우물²도 자작나무다
산 너머는 평안도 땅도 뵈인다는 이 산골은 온통 자작나무다

— 〈조광〉, 1938. 3.

2 바가지로 물을 뜰 수 있는 얕은 우물.

나와 나타샤와 흰 당나귀

가난한 내가
아름다운 나타샤를 사랑해서
오늘밤은 푹푹 눈이 나린다

나타샤를 사랑은 하고
눈은 푹푹 날리고
나는 혼자 쓸쓸히 앉어 소주를 마신다
소주를 마시며 생각한다
나타샤와 나는
눈이 푹푹 쌓이는 밤 흰 당나귀 타고
산골로 가쟈 출출이¹ 우는 깊은 산골로 가 마가리²에 살쟈

눈은 푹푹 나리고
나는 나타샤를 생각하고
나타샤가 아니 올 리 없다

1 '뱁새'.
2 '오막살이'의 평안북도, 함경남도 방언.

언제 벌써 내 속에 고조곤히³ 와 이야기한다
산골로 가는 것은 세상한테 지는 것이 아니다
세상 같은 건 더러워 버리는 것이다

눈은 푹푹 나리고
아름다운 나타샤는 나를 사랑하고
어데서 흰 당나귀도 오늘밤이 좋아서 응앙응앙 울을 것이다

— 〈여성〉, 1938. 3.

---

3 '고조곤하다'는 '고요하다', 또는 '조용하다'의 평안북도 방언.

석양夕陽

거리는 장날이다
장날 거리에 영감들이 지나간다
영감들은
말상을 하였다 범상을 하였다 쪽재피상을 하였다
개발코를 하였다 안장코를 하였다 질병코를 하였다
그 코에 모두 학실¹을 썼다
돌체²돋보기다 대모체³돋보기다 로이도돋보기⁴다
영감들은 유리창 같은 눈을 번득거리며
투박한 북관北關말을 떠들어대며
쇠리쇠리한 저녁 해 속에
사나운 즘생같이들 살어졌다

— 〈삼천리문학〉, 1938. 4.

1 '돋보기'의 평안북도 방언.
2 돌로 만든 테.
3 바다거북의 하나인 대모의 등과 배를 싸고 있는 껍데기로 만든 테.
4 '로이드Lloyd 안경'. 둥글고 굵은 셀룰로이드테 안경으로 미국 배우 로이드가 영화에 쓰고 나온
  데서 유래하였다.

고향

나는 북관에 혼자 앓어누워서

어늬 아츰 의원을 뵈이었다

의원은 여래如來 같은 상을 하고 관공關公[1]의 수염을 드리워서

먼 옛적 어느 나라 신선 같은데

새끼손톱 길게 돋은 손을 내어

묵묵하니 한참 맥을 짚드니

문득 물어 고향이 어데냐 한다

평안도 정주定州라는 곳이라 한즉

그러면 아무개 씨 고향이란다

그러면 아무개 씰 아느냐 한즉

의원은 빙긋이 웃음을 띠고

막역지간莫逆之間이라며 수염을 쓴다

나는 아버지로 섬기는 이라 한즉

의원은 또다시 넌즈시 웃고

말없이 팔을 잡어 맥을 보는데

---

1 '관우關羽'의 별칭. 중국 민중들 사이에서 불린 이름으로 '관노야關老爺'라고도 불림.

손길은 따스하고 부드러워

고향도 아버지도 아버지의 친구도 다 있었다

— 〈삼천리문학〉, 1938. 4.

절망

북관에 계집은 튼튼하다
북관에 계집은 아름답다
아름답고 튼튼한 계집은 있어서
흰 저고리에 붉은 길동을 달어
검정 치마에 받쳐 입은 것은
나의 꼭 하나 즐거운 꿈이였드니
어늬 아츰 계집은
머리에 무거운 동이를 이고
손에 어린것의 손을 끌고
가펴러운 언덕길을
숨이 차서 올라갔다
나는 한종일 서러웠다

— 〈삼천리문학〉, 1938. 4.

개

접시 귀에 소기름이나 소뿔등잔에 아즈까리기름을 켜는 마을
에서는 겨울밤 개 짖는 소리가 반가웁다

이 무서운 밤을 아래 웃방성¹ 마을 돌이다니는 사람은 있어 개
는 짖는다

낮배² 어니메 치코³에 꿩이라도 걸려서 산 너머 국숫집에 국수
를 받으려 가는 사람이 있어도 개는 짖는다

김치가재미⁴선 동치미가 유별히 맛나게 익는 밤

아배가 밤참 국수를 받으려 가면 나는 큰마니⁵의 돋보기를 쓰
고 앉어 개 짖는 소리를 들은 것이다   ─《현대조선문학선집》, 1938. 4.

1 '여기저기서'의 뜻을 지닌 평안도 방언.
2 '낮 시간', 또는 '낮 무렵'의 의미를 지닌 백석 특유의 시어.
3 '올가미'의 북한말.
4 겨울철 김치를 보관하기 위해 지푸라기 등으로 만든 움막을 가리키는 평안북도 방언.
5 '할머니'의 평안도, 함경북도 및 중국 요령성 방언.

외갓집

　내가 언제나 무서운 외갓집은

　초저녁이면 안팎마당이 그득하니 하이얀 나비수염을 물은 보득
지근한[1] 복쪽재비들이 씨굴씨굴 모여서는 쨩쨩 쨩쨩 쇳스럽게[2] 울
어대고

　밤이면 무엇이 기왓골에 무릿돌을 던지고 뒤울안 배나무에 쩨
듯하니 줄등을 헤여달고[3] 부뚜막의 큰 솥 적은 솥을 모주리 뽑아
놓고 재통[4]에 간 사람의 목덜미를 그냥그냥 나려 눌러선 잿다리
아래로 쳐박고

　그리고 새벽녘이면 고방 시렁에 채국채국 얹어둔 모랭이[5] 목판
시루며 함지가 땅바닥에 넘너른히[6] 널리는 집이다

—《현대조선문학선집》, 1938. 4.

1　부드럽고 매끄럽다는 뜻의 평안도 방언.
2　'쇠쓰럽게'. '시끄럽게'의 평안도 방언.
3　'켜 달고'. '헤다'는 '켜다'의 평안도, 함경북도, 황해도, 강원도 방언.
4　'변소'의 평안도 방언.
5　'나무모랭이'. 작은 통나무를 파서 만든 그릇을 뜻하는 북한말.
6　여기저기 마구 널린.

내가 생각하는 것은

밖은 봄철날 따디기의 누긋하니 푹석한 밤이다
거리에는 사람두 많이 나서 홍성홍성할 것이다
어쩐지 이 사람들과 친하니 싸다니고 싶은 밤이다

그렇건만 나는 하이얀 자리 우에서 마른 팔뚝의
샛파란 핏대를 바라보며 나는 가난한 아버지를
가진 것과 내가 오래 그려오든 처녀가 시집을 간 것과
그렇게 살틀하든 동무가 나를 버린 일을 생각한다

또 내가 아는 그 몸이 성하고 돈도 있는 사람들이
즐거이 술을 먹으려 다닐 것과
내 손에는 신간서新刊書 하나도 없는 것과
그리고 그 〈아서라 세상사〉라도 들을
유성기도 없는 것을 생각한다

그리고 이러한 생각이 내 눈가를 내 가슴가를
뜨겁게 하는 것도 생각한다
— 〈여성〉, 1938. 4.

내가 이렇게 외면하고

내가 이렇게 외면하고 거리를 걸어가는 것은 잠풍 날씨가 너무나 좋은 탓이고

가난한 동무가 새 구두를 신고 지나간 탓이고 언제나 꼭 같은 넥타이를 매고 고운 사람을 사랑하는 탓이다

내가 이렇게 외면하고 거리를 걸어가는 것은 또 내 많지 못한 월급이 얼마나 고마운 탓이고

이렇게 젊은 나이로 코밑수염도 길러보는 탓이고 그리고 어늬 가난한 집 부엌으로 달재[1] 생선을 진장[2]에 꼿꼿이 지진 것은 맛도 있다는 말이 자꼬 들려오는 탓이다

— 〈여성〉, 1938. 5.

---

1 '달궁이('장대'라고도 불리는 바닷물고기의 한 종류)'의 평안북도, 함경남도 방언.
2 검은콩으로 쑨 메주로 담가 까만빛을 띠는 간장, 또는 오래 묵어 아주 진하게 된 간장.

물닭의 소리

삼호三湖

문기슭에 바다 해자를 까꾸로 붙인 집
산듯한 청삿자리 우에서 찌륵찌륵
우는 전북회를 먹어 한여름을 보낸다

이렇게 한여름을 보내면서 나는 하늑이는
물살에 나이금¹이 느는 꽃조개와 함께
허리도리가 굵어가는 한 사람을 연연해한다

물계리物界里

물밑 ─ 이 세모래 닌함박²은 콩조개만 일다.
모래장변 ─ 바다가 널어놓고 못미더워 드나드는 명주필을 짓

1 나이를 나타내는 금.
2 '인함박'. '이남박(안쪽에 여러 줄 고랑이 지도록 파 만든 함지박)'의 충청북도 방언.

굿이 발뒤축으로 찢으면
날과 씨는 모두 양금³줄이 되어 짜랑짜랑 울었다

대산동大山洞⁴

비애고지⁵ 비애고지는
제비야 네 말이다
저 건너 노루섬에 노루 없드란 말이지
신미두⁶ 삼각산엔 가무래기⁷만 나드란 말이지

비애고지 비애고지는
제비야 네 말이다
푸른 바다 흰 한울이 좋기도 좋단 말이지
해밝은 모래장변에 돌비 하나 섰단 말이지

비애고지 비애고지는
제비야 네 말이다
눈빨갱이 갈매기 발빨갱이 갈매기 가란 말이지
승냥이처럼 우는 갈매기

3 채로 줄을 켜 소리를 내는 현악기, 또는 '피아노'를 달리 이르는 말.
4 백석이 태어난 평안북도 정주군 갈산면 익성동 바로 위에 있는 동네.
5 '대산동'의 별칭이자 제비의 지저귐을 표현한 의성어로 읽을 수 있음.
6 '신미도身彌島'. 정주 위 선천군宣川郡 앞바다에 있는 큰 섬.
7 '가무레기'. '가무라기(부족류 백합과에 속한 조개)'를 이르는 북한말.

무서워 가란 말이지

남향南鄕

푸른 바닷가의 하이얀 하이얀 길이다

아이들은 늘늘히[8] 청대나무말을 몰고
대모풍잠[9]한 늙은이 또요 한 마리를 드리우고 갔다

이 길이다
얼마 가서 감로 같은 물이 솟는 마을 하이얀 회담벽에 옛적본
의 장반시계를 걸어놓은 집 홀어미와 사는 물새 같은 외딸의 혼
샛말이 아지랑이같이 낀 곳은

야우소회夜雨小懷

캄캄한 비 속에
새빨간 달이 뜨고
하이얀 꽃이 퓌고

---

8 수량이나 기한 등이 넉넉하게.
9 대모갑으로 만든 풍잠. 풍잠은 갓모자가 바람에 넘어가지 않게 하기 위해 망건의 당 앞에 달던
  물건을 뜻함.

먼바루[10] 개가 짖는 밤은
어데서 물외[11] 내음새 나는 밤이다

캄캄한 비 속에
새빨간 달이 뜨고
하이얀 꽃이 퓌고
먼바루 개가 짖고
어데서 물외 내음새 나는 밤은

나의 정다운 것들 가지 명태 노루 뫼추리 질동이 노랑나뷔 바
구지[12]꽃 모밀국수 남치마 자개짚세기[13] 그리고 천희千姬라는 이름
이 한없이 그리워지는 밤이로구나

꼴뚜기

신새벽 들망[14]에
내가 좋아하는 꼴뚜기가 들었다
갓 쓰고 사는 마음이 어진데

---

10 '멀리서'. '바루'는 거리의 대략적 정도를 뜻하는 평안북도 방언.
11 '참외'에 대하여 '오이'를 구별해 이르는 말.
12 '미나리아재비'의 북한말.
13 자개로 만든 짚세기 모양의 장식품. '짚세기'는 '짚신'의 북한말.
14 '후릿그물(강이나 바다에 넓게 둘러치고 여럿이 끝을 끌어당겨 물고기를 잡는 큰 그물)'의
   비표준어.

새끼 그물에 걸리는 건 어인 일인가

갈매기 날어온다

입으로 먹을 뿜는 건
몇 십 년 도를 닦어 퓌는 조환가
앞뒤로 가기를 마음대로 하는 건
손자孫子의 병서兵書도 읽은 것이다
갈매기 쭝얼댄다

　그러나 시방 꼴뚜기는 배창에 너부러져 새새끼 같은 울음을
우는 곁에서
　뱃사람들의 언젠가 아홉[15]이서 회를 쳐먹고도 남어 한 깃[16]씩 노
나가지고 갔다는 크디큰 꼴뚜기의 이야기를 들으며 나는 슬프다

　갈매기 날어난다

— 〈조광〉, 1938. 10.

---

15 '아홉'의 방언.
16 무엇을 나눌 때 각자에게 돌아오는 몫.

가무래기의 낙樂

가무락조개 난 뒷간거리에
빚을 얻으려 나는 왔다
빚이 안 되어 가는 탓에
가무래기도 나도 모두 춥다
추운 거리의 그도 추운 능당 쪽을 걸어가며
내 마음은 우쭐댄다 그 무슨 기쁨에 우쭐댄다
이 추운 세상의 한구석에
맑고 가난한 친구가 하나 있어서
내가 이렇게 추운 거리를 지나온 걸
얼마나 기뻐하며 락단하고[1]
그즈런히 손깍지벼개하고 누워서
이 못된 놈의 세상을 크게 크게 욕할 것이다

— 〈여성〉, 1938. 10.

---

1 손뼉을 치며 즐거워하고.

멧새 소리

처마 끝에 명태를 말린다

명태는 꽁꽁 얼었다

명태는 길다랗고 파리한 물고긴데

꼬리에 길다란 고드름이 달렸다

해는 저물고 날은 다 가고 볕은 서러웁게 차갑다

나도 길다랗고 파리한 명태다

문턱에 꽁꽁 얼어서

가슴에 길다란 고드름이 달렸다

— 〈여성〉, 1938. 10.

박각시 오는 저녁

당콩밥에 가지냉국의 저녁을 먹고 나서

바가지꽃 하이얀 지붕에 박가시 주락시[1] 붕붕 날아오면

집은 안팎 문을 횅하니 열젖기고

인간들은 모두 뒷등성으로 올라 멍석자리를 하고 바람을 쐬이

는데

풀밭에는 어느새 하이얀 대림질감들이 한불 널리고

돌우래[2]며 팟중이[3] 산 옆이 들썩하니 울어댄다

이리하여 한울에 별이 잔콩[4] 마당 같고

강낭[5]밭에 이슬이 비 오듯 하는 밤이 된다

―《조선문학독본》, 1938.

1 '박각시나방'과 '주락시(줄각시)나방'을 이름.
2 '도루래'. '땅강아지'의 북한말.
3 '팥중이(메뚜깃과의 곤충)'의 북한말.
4 '팥'의 함경북도 방언.
5 '강냉이(옥수수)'의 방언.

넘언집 범 같은 노큰마니

　　황토 마루 수무나무에 얼럭궁덜럭궁 색동헝겊 뜯개조박[1] 뵈짜배기[2] 걸리고 오쟁이[3] 끼애리[4] 달리고 소삼은[5] 엄신[6] 같은 짚세기도 열린 국수당 고개를 몇 번이고 튀튀 춤을 뱉고 넘어가면 골 안에 아늑히 묵은 녕동[7]이 무겁기도 할 집이 한 채 안기었는데

　　집에는 언제나 셴개[8] 같은 게산이[9]가 벅작궁 고아내고[10] 말 같은 개들이 떠들썩 짖어대고 그리고 소거름 내음새 구수한 속에 엇송아지[11] 히물쩍[12] 너들씨는데[13]

1 '뜯어진 조각'. '조박'은 '조각'의 평안도 방언.
2 '베 쪼가리'. '뵈'는 '베'의 옛말. '짜배기'는 '쪼가리'의 북한말로 본말은 '자배기'.
3 짚으로 엮어 만든 작은 가마니.
4 '꾸러미'의 평안북도 방언.
5 성글게 엮거나 짠.
6 '엄짚신'. 상제喪制가 초상 때부터 졸곡卒哭 때까지 신는 짚신.
7 '영동楹棟'. 기둥과 마룻대.
8 털빛이 흰 개.
9 '게사니'. '거위'의 함경도, 강원도, 경기도 방언.
10 '법석대며 떠들어대고'. '벅작대다'는 '법석대다', '고다'는 '떠들다'의 평안북도 방언.
11 아직 다 자라지 못한 송아지.
12 '히물거리다'는 근육이나 뼈 따위가 조금 비뚤어지고 자꾸 떨리는 것을 뜻함.
13 '너들거리다'는 분수없이 자꾸 함부로 까불다를 뜻하는 북한말.

집에는 아배에 삼춘에 오마니에 오마니가 있어서 젖먹이를 마을 청능 그늘 밑에 샷갓을 씌워 한종일내 뉘어두고 김을 매려 다녔고 아이들이 큰마누래[14]에 작은마누래[15]에 제구실[16]을 할 때면 종아지물본도 모르고[17] 행길에 아이 송장이 거적뙈기에 말려나가면 속으로 얼마나 부러워하였고 그리고 끼때에는 부뚜막에 바가지를 아이딜 수대로 주룬히[18] 늘어놓고 밥 한 덩이 질게[19] 한 술 들여트려서는 먹였다는 소리를 언제나 두고두고 하는데

일가들이 모두 범같이 무서워하는 이 노큰마니는 구덕살이[20]같이 욱실욱실하는 손자 증손자를 방구석에 들매나무[21] 회초리를 단으로 쩌다두고 따리고 싸리갱이에 갓진창[22]을 매여 놓고 따리는데

내가 엄매 등에 업혀가서 상사말[23]같이 항약[24]에 야기[25]를 쓰면 한창 퓌는 함박꽃을 밑가지째 꺾어주고 종대[26]에 달린 제물배도

14 '마마(천연두)'의 함경도, 강원도 방언.
15 '수두'와 '홍역'의 함경남도 방언.
16 아이들이 으레 치르는 역질, 홍역 따위를 속되게 이르는 말.
17 '세상물정도 모르고'. '물본物本'은 사물의 근본 이치.
18 '주루니'. '나란히'의 평안북도 방언.
19 '반찬'의 함경도 방언.
20 '구더기'의 평안북도 방언.
21 '들메나무'.
22 '갓신창'. 말총으로 된 질긴 끈의 한 종류.
23 '생마(길들이지 아니한 거친 말)'의 평안북도 방언.
24 악을 쓰며 대드는 짓을 뜻하는 평안북도 방언.
25 주로 어린아이들이 불만스러워 야단하는 짓을 뜻하는 북한말.
26 파, 마늘, 달래 따위에서 꽃을 달기 위해 한가운데서 올라오는 줄기.

가지째 쪄주고 그리고 그 애끼는 게산이알도 두 손에 쥐어주곤
하는데

　우리 엄매가 나를 가지는 때 이 노큰마니는 어늬 밤 크나큰 범
이 한 마리 우리 선산으로 들어오는 꿈을 꾼 것을 우리 엄매가
서울서 시집을 온 것을 그리고 무엇보다도 내가 이 노큰마니의
당조카의 맏손자로 난 것을 대견하니 알뜰하니 기꺼이 여기는
것이었다

— 〈문장〉, 1939. 4.

동뇨부 童尿賦

봄철날 한종일내 노곤하니 벌불 장난을 한 날 밤이면 으례히 싸개동당[1]을 지나는데 잘망하니[2] 누워 싸는 오줌이 넓적다리를 흐르는 따끈따끈한 맛 자리에 펑하니 괴이는 척척한 맛

첫여름 이른 저녁을 해치우고 인간들이 모두 터 앞에 나와서 물외포기에 당콩포기에 오줌을 주는 때 터 앞에 밭마당에 샛길에 떠도는 오줌의 매캐한 재릿한 내음새

긴긴 겨울밤 인간들이 모두 한잠이 들은 재밤중[3]에 나 혼자 일어나서 머리맡 쥐발 같은 새끼오강에 한없이 누는 잘 매럽던 오줌의 사르릉 쪼로록 하는 소리

그리고 또 엄매의 말엔 내가 아직 굳은 밥을 모르던 때 살갗 퍼런 막내고무가 잘도 받어 세수를 하였다는 내 오줌빛은 이슬

---

1 아이가 자면서 오줌똥을 싸 자리를 온통 질펀하게 만들어 놓는 일을 가리키는 북한말.
2 '잘망하다'는 하는 행동이나 모양새가 잘고 얄밉다는 뜻.
3 '한밤중'의 평안도, 강원도 방언.

같이 샛말갛기도 샛맑았다는 것이다

— 〈문장〉, 1939. 6.

안동安東[1]

이방異邦 거리는

비 오듯 안개가 나리는 속에

안개 같은 비가 나리는 속에

이방 거리는

콩기름 쪼리는 내음새 속에

섶누에 번디[2] 삶는 내음새 속에

이방 거리는

도끼날 벼르는 돌물레 소리 속에

되[3]광대 켜는 되양금 소리 속에

손톱을 시펄하니 길우고 기나긴 창꽈쯔[4]를 즐즐 끌고 싶었다

1 '안동(중국 '단둥'의 전 이름)'의 잘못.
2 '번데기'의 평안북도, 경기도, 경상남도 방언.
3 예전 두만강 일대의 만주 지방에 살던 여진족을 멸시하여 이르던 말로 '오랑캐'와 같은 말.
4 '장꽈자長掛子'. 중국식 긴 저고리.

만두饅頭고깔을 눌러쓰고 곰방대를 물고 가고 싶었다

　이왕이연 향내 높은 취향리梨돌배 움퍽움퍽 씹으며 머리채 츠렁츠렁 발굽을 차는 꾸냥⁵과 가즈런히 쌍마차雙馬車 몰아가고 싶었다

— 〈조선일보〉, 1939. 9. 13.

5　'쿠냥'. 결혼하지 아니한 젊은 여자를 중국어로 이르는 말.

함남도안咸南道安

고원선高原線 종점인 이 적은 정차장엔
그렇게도 우쭐대며 달가불시며¹ 뛰어오던 뽕뽕차²가
가이없이³ 쓸쓸하니도 우두머니 서 있다

햇빛이 초롱불같이 희맑은데
해정한 모래부리⁴ 플랫폼에선
모두들 쩔쩔 끓는 구수한 귀이리⁵차를 마신다

칠성고기⁶라는 고기의 쩜벙쩜벙 뛰노는 소리가
쨋쨋하니⁷ 들려오는 호수까지는
들쭉이 한불 새까마니 익어가는 망연한 벌판을 지나가야 한다.

— 〈문장〉, 1939. 10.

1 격에 맞지 않게 까불며.
2 '기차'.
3 '가없이'. 끝이나 한도가 없이.
4 '모래톱'.
5 '귀리'.
6 '뱀장어'의 함경북도, 충청도 및 중국 길림성 방언.
7 '쨋쨋하다'는 소리가 높고 새되다라는 뜻의 북한말.

서행시초 西行詩抄

구장로 球場[1]路

삼리三里 밖 강쟁변[2]엔 자갯돌[3]에서
비멀이한[4] 옷을 부숭부숭 말려 입고 오는 길인데
산모롱고지[5] 하나 도는 동안에 옷은 또 함북 젖었다

한 이십 리 가면 거리라든데
한것[6] 남아 걸어도 거리는 뵈이지 않는다
나는 어니 외진 산길에서 만난 새악시가 곱기도 하든 것과
어니메 강물 속에 들여다 뵈이든 쏘가리가 한자나 되게 크든
것을 생각하며
산비에 젖었다는 말렸다 하며 오는 길이다

---

1 평안북도 영변군에 있는 지명. '서행시초' 연작은 평안북도 일대를 여행하며 쓴 시들임.
2 '강변'의 평안남도 방언.
3 '자갈'의 평안도 방언.
4 '비말이한'. 비에 흠씬 젖은.
5 '모롱고지'는 '모롱이(산모퉁이의 휘어 돌린 곳)'의 평안북도 방언.
6 '반나절'. '한낮'의 평안남도 방언이기도 함.

이젠 배도 출출히 고팠는데
어서 그 옹기장사가 온다는 거리로 들어가면
무엇보다도 몬저[7] '주류판매업酒類販賣業'이라고 써 붙인 집으로
들어가자

그 뜨수한 구들에서
따끈한 삼십오도 소주나 한잔 마시고
그리고, 그 시래깃국에 소피를 넣고 두부를 두고 끓인 구수한
술국을 트근히[8]
멫 사발이고 왕사발로 멫 사발이고 먹자

북신北新

거리에서는 모밀내가 났다
부처를 위하는 정갈한 노친네의 내음새 같은 모밀 내가 났다

어쩐지 향산香山[9] 부처님이 가까웁다는 거린데
국숫집에서는 농짝 같은 도야지를 잡어 걸고 국수에 치는 도
야지고기는 돗바늘[10] 같은 털이 드문드문 백였다
나는 이 털도 안 뽑은 도야지고기를 물꾸러미 바라보며

7 '먼저'의 경기도, 전라남도, 제주도 방언.
8 '트근하다'는 '수두룩하다'의 평안북도 방언.
9 '묘향산'.
10 돗자리, 구두 등을 꿰맬 때 쓰는 매우 크고 굵은 바늘.

또 털도 안 뽑은 고기를 시꺼먼 맨모밀국수에 얹어서 한입에
꿀꺽 삼키는 사람들을 바라보며
　나는 문득 가슴에 뜨끈한 것을 느끼며
　소수림왕을 생각한다 광개토대왕을 생각한다

팔원八院

　차디찬 아침인데
　묘향산행 승합자동차는 텅하니 비어서
　나이 어린 계집아이 하나가 오른다
　옛말 속같이 진진초록 새 저고리를 입고
　손잔등이 밭고랑처럼 몹시도 터졌다
　계집아이는 자성慈城으로 간다고 하는데
　자성은 예서 삼백오십 리 묘향산 백오십 리
　묘향산 어디메서 삼촌이 산다고 한다
　쌔하얗게 얼은 자동차 유리창 밖에
　내지인[11] 주재소장駐在所長[12] 같은 어른과 어린아이 둘이 내임을
낸다[13]
　계집아이는 운다 느끼며 운다
　텅 비인 차 안 한구석에서 어느 한 사람도 눈을 씻는다

11　식민지 국가에서 그 나라를 지배하는 사람을 이르는 말로 이 시에서는 일본인을 가리킴.
12　'주재소'는 일제강점기 일본 경찰의 말단 기관.
13　'냄내다'는 '배웅하다'를 뜻하는 평안북도 방언.

계집아이는 몇 해고 내지인 주재소장 집에서
밥을 짓고 걸레를 치고 아이보개¹⁴를 하면서
이렇게 추운 아침에도 손이 꽁꽁 얼어서
찬물에 걸레를 쳤을 것이다

월림月林장

'자시동북팔십천희천自是東北八0粁熙川'¹⁵의 푯말이 선 곳
돌능와집에 소달구지에 싸리신에 옛날이 사는 장거리에
어니 근방 산천에서 덜걱이¹⁶ 껙껙 검방지게 운다

초아흐레 장판에
산 멧도야지 너구리가죽 튀튀새 났다
또 가얌¹⁷에 귀이리에 도토리묵 도토리범벅도 났다

나는 주먹다시¹⁸ 같은 떡덩이에 꿀보다도 달다는 강낭엿을 산다
그리고 물이라도 들 듯이 샛노랗디샛노란 산골 마가슬¹⁹ 볕에
눈이 시울도록 샛노랗고 샛노란 햇기장 쌀을 주무르며

---

14 '애보개'. 아이를 돌보는 일을 하는 사람.
15 여기부터 희천까지 동북으로 80킬로미터라는 뜻. '粁'은 '킬로미터'를 뜻하는 일본식 한자.
16 '덜거기'. '수꿩(꿩의 수컷)'의 평안북도 방언.
17 '개암(개암나무의 열매)'의 경기도, 경상북도, 전라남도 방언.
18 '주먹'을 뜻하는 북한말.
19 '마가을'. '늦가을'의 북한말.

기장쌀은 기장차떡이 좋고 기장차랍[20]이 좋고 기장감주가 좋
고 그리고 기장쌀로 쑨 호박죽은 맛도 있는 것을 생각하며 나는
기쁘다

— 〈조선일보〉, 1936. 11. 8~11.

20 '차랍'은 '찰밥'의 평안도 방언.

목구木具[1]

오대伍代나 나린다는 크나큰 집 다 찌그러진 들지고방[2] 어득시
근한 구석에서 쌀독과 말쿠지와 숫돌과 신뚝[3]과 그리고 옛적과
또 열두 데석[4]님과 친하니 살으면서

한 해에 몇 번 매년 지낸 먼 조상들의 최방등 제사[5]에는 컴컴
한 고방 구석을 나와서 대멀머리[6]에 외얏맹건[7]을 지르터 맨[8] 늙
은 제관의 손에 정갈히 몸을 씻고 교우[9] 우에 모신 신주 앞에 환
한 촛불 밑에 피나무 소담한 제상 우에 떡 보탕[10] 식혜 산적 나물
지짐 반봉[11] 과일들을 공손하니 받들고 먼 후손들의 공경스러운

1 '나무 그릇'. 이 시에서는 나무로 만든 제기祭器를 가리킴.
2 들문만 나 있는 고방.
3 방이나 마루 앞에 신발을 올리도록 놓아둔 돌, 또는 신주(위패)를 넣는 독으로 풀이됨.
4 '제석'. 집안의 수명이나 곡물, 의류, 화복을 맡은 신.
5 평안북도 정주 지역의 토속적인 풍속으로 5대째부터 차손次孫이 맡아 제사를 모시는 것.
6 '대머리'.
7 '오얏망건'. 망건을 눌러쓴 품이 오얏꽃처럼 단정하게 보인다는 데서 온 말.
8 '꼭 졸라맨'.
9 '교의交椅'. 신주나 혼백상자를 놓는 다리가 긴 의자.
10 제물로 올린 탕.
11 제물로 올리는 커다랗고 좋은 생선들.

절과 잔을 굽어보고 또 애끊는 통곡과 축을 귀에 하고¹² 그리고
합문¹³ 뒤에는 흠향¹⁴ 오는 구신들과 호호히 접하는 것

  귀신과 사람과 넋과 목숨과 있는 것과 없는 것과 한 줌 흙과 한
점 살과 먼 옛조상과 먼 훗자손의 거룩한 아득한 슬픔을 담는 것

  내 손자의 손자와 손자와 나와 할아버지와 할아버지의 할아버
지와 할아버지의 할아버지의 할아버지와…… 수원백씨水原白氏 정
주백촌定州白村의 힘세고 꿋꿋하나 어질고 정 많은 호랑이 같은 곰
같은 소 같은 피의 비 같은 밤 같은 달 같은 슬픔을 담는 것 아
슬픔을 담는 것

— 〈문장〉, 1940. 2.

12 '귀로 듣고'.
13 闔門, 제사 절차 중 귀신이 제삿밥을 먹도록 문을 닫거나 제상을 병풍으로 가려 두는 일.
14 歆饗, 제물을 받아서 먹음.

제3부 북방에서

수박씨, 호박씨

어진 사람이 많은 나라에 와서
어진 사람의 줏¹을 어진 사랑의 마음을 배워서
수박씨 닦은² 것을 호박씨 닦은 것을 압으로 앞니빨로 밝는다

수박씨 호박씨를 입에 넣는 마음은
참으로 철없고 어려석고 게으른 마음이나
이것은 또 참으로 밝고 그윽하고 깊고 무거운 마음이라
이 마음 안에 아득하니 오랜 세월이 아득하니 오랜 지혜가 또
아득하니 오랜 인정人情이 깃들인 것이다
태산의 구름도 황하의 물도 옛님군의 땅과 나무의 덕도 이 마
음 안에 아득하니 뵈이는 것이다

이 적고 가부엽고 갤족한 희고 까만 씨가
조용하니 또 도고³하니 손에서 입으로 입에서 손으로 오르나리

---

1 '짓(모양이나 모습)'의 옛말.
2 '닦다'는 '볶다'의 평안도, 함경도, 황해도 방언.
3 道高. 도덕적 수양이 높음을 뜻하는 한자말로 '도고하다'의 어근임.

는 때

벌에 우는 새소리도 듣고 싶고 거문고도 한 곡조 뜯고 싶고 한
오천 말[4] 남기고 함곡관도 넘어가고 싶고

기쁨이 마음에 뜨는 때는 희고 까만 씨를 앞니로 까서 잔나비
가 되고

근심이 마음에 앉는 때는 희고 까만 씨를 혀끝에 물어 까막까
치가 되고

어진 사람이 많은 나라에서는

오두미[伍斗米][5]를 버리고 버드나무 아래로 돌아온 사람도

그 넢차개[6]에 수박씨 닦은 것은 호박씨 닦은 것은 있었을 것이다

나물 먹고 물마시고 팔베개하고 누웠든 사람[7]도

그 머리맡에 수박씨 닦은 것은 호박씨 닦은 것은 있었을 것이다

— 〈인문평론〉, 1940. 6.

4 함곡관函谷關을 지나던 노자老子가 그곳 관리 윤희尹喜가 도道를 구하자 '도덕 오천언道德 伍千言'
   곧 '도덕경'을 써서 줬다는 고사를 담고 있는 말.
5 중국의 도연명陶淵明과 연관된 고사에서 유래한 말. 얼마 안 되는 봉급을 뜻함.
6 '옆차개'. '호주머니'의 강원도 방언.
7 '공자孔子'를 가리킴.

북방에서
―정현웅鄭玄雄[1]에게

아득한 옛날에 나는 떠났다
부여扶餘를 숙신肅愼을 발해渤海를 여진女眞을 요遼를 금金을.
흥안령興安嶺을 음산陰山을 아무우르를 숭가리를.[2]
범과 사슴과 너구리를 배반하고
송어와 메기와 개구리를 속이고 나는 떠났다.

나는 그때
자작나무와 이깔나무의 슬퍼하든 것을 기억한다
갈대와 장풍[3]의 붙드든 말도 잊지 않았다
오로촌[4]이 멧돌[5]을 잡어 나를 잔치해 보내든 것도
쏠론[6]이 십릿길을 따라나와 울든 것도 잊지 않었다.

　나는 그때

---

1 서양화가, 삽화가. 백석의 옆모습 삽화를 그려 인상기와 함께 발표하기도 함.
2 '아무우르'는 '흑룡강'을, '숭가리'는 '송화강'을 뜻함.
3 천남성과의 여러해살이풀로 '창포菖蒲'와 같은 말.
4 Orochon, 중국 동북 지방의 소수민족.
5 '멧돼지'.
6 Solon, 중국 동북 지방의 소수민족.

아모 이기지 못할 슬픔도 시름도 없이
다만 게을리 먼 앞대⁷로 떠나 나왔다
그리하여 따사한 햇귀⁸에서 하이얀 옷을 입고 매끄러운 밥을
먹고 단샘을 마시고 낮잠을 잤다
밤에는 먼 개소리에 놀라나고
아츰에는 지나가는 사람마다에게 절을 하면서도
나는 나의 부끄러움을 알지 못했다.

그동안 돌비⁹는 깨어지고 많은 은금보화는 땅에 묻히고 까마
귀도 긴 족보를 이루었는데
이리하야 또 한 아득한 새 옛날이 비롯하는 때
이제는 참으로 이기지 못할 슬픔과 시름에 쫓겨
나는 나의 옛 한울로 땅으로 — 나의 태반胎盤으로 돌아왔으나

이미 해는 늙고 달은 파리하고 바람은 미치고 보래¹⁰구름만 혼
자 넋 없이 떠도는데

아, 나의 조상은 형제는 일가친척은 정다운 이웃은 그리운 것
은 사랑하는 것은 우러르는 것은 나의 자랑은 나의 힘은 없다 바
람과 물과 세월과 같이 지나가고 없다.

— 〈문장〉, 1940. 7.

7 어떤 지방에서 그 남쪽을 이르는 말.
8 사방으로 뻗친 햇살.
9 돌로 만든 비석.
10 '보라(색)'의 방언.

허준許俊[1]

그 맑고 거룩[2]한 눈물의 나라에서 온 사람이여
그 따사하고 살틀한 볕살의 나라에서 온 사람이여

눈물의 또 볕살의 나라에서 당신은
이 세상에 나들이를 온 것이다
쓸쓸한 나들이를 단기려[3] 온 것이다

눈물의 또 볕살의 나라 사람이여
당신이 그 긴 허리를 굽히고 뒤짐[4]을 지고 지치운 다리로
싸움과 흥정으로 왁자지껄하는 거리를 지날 때든가
추운 겨울밤 병들어 누운 가난한 동무의 머리맡에 앉아
말없이 무릎 우 어린 고양이의 등만 쓰다듬는 때든가
당신의 그 고요한 가슴 안에 온순한 눈가에

---

1 백석의 절친한 친구였던 평안북도 용천 출생의 소설가.
2 '거룩'의 옛말.
3 '든기다'. '다니다'의 옛말.
4 '뒷짐'의 북한말.

당신네 나라의 맑은 한울이 떠오를 것이고
당신의 그 푸른 이마에 삐여진[5] 어깻죽지에
당신네 나라의 따사한 바람결이 스치고 갈 것이다

높은 산도 높은 꼭다기[6]에 있는 듯한
아니면 깊은 물도 깊은 밑바닥에 있는 듯한 당신네 나라의
하늘은 얼마나 맑고 높을 것인가
바람은 얼마나 따사하고 향기로울 것인가
그리고 이 하늘 아래 바람결 속에 퍼진
그 풍속은 인정은 그리고 그 말은 얼마나 좋고 아름다울 것인가

다만 한 마람[7] 목이 긴 시인은 안다
'도스토이엡흐스키'며 '죠이쓰'며 누구보다도 잘 알고 일등 가
는 소설도 쓰지만
아모것도 모르는 듯이 어드근한 방 안에 굴어 게으르는 것을
좋아하는 그 풍속을
사랑하는 어린것에게 엿 한 가락을 아끼고 위하는 안해에겐
해진 옷을 입히면서도
마음이 가난한 낯설은 마람에게 수백 냥 돈을 거저 주는 그 인
정을 그리고 또 그 말을
마람은 모든 것을 다 잃어버리고 넋 하나를 얻는다는 크나큰

5 '삐여지다'는 속에서 겉으로 쑥 불거져 나오다의 뜻을 가진 북한말.
6 '꼭대기'의 제주도 방언.
7 '사람'의 오식으로 추정됨.

그 말을

그 멀은 눈물의 또 볕살의 나라에서
이 세상에 나들이를 온 사람이여
이 목이 긴 시인이 또 게산이처럼 떠곤다[8]고
당신은 쓸쓸히 웃으며 바독[9]판을 당기는구려

— 〈문장〉, 1940. 11.

8 '떠든다'의 평안북도 방언.
9 '바둑'의 옛말, 또는 제주도 방언.

《호박꽃 초롱》[1] 서시 序詩

한울은
울파주가에 우는 병아리를 사랑한다.
우물돌 아래 우는 돌우래를 사랑한다.
그리고 또
버드나무 밑 당나귀 소리를 임내내는 시인을 사랑한다.

한울은
풀 그늘 밑에 삿갓 쓰고 사는 버슷을 사랑한다.
모래 속에 문 잠그고 사는 조개를 사랑한다.
그리고 또
두틈한 초가지붕 밑에 호박꽃 초롱 혀고[2] 사는 시인을 사랑한다.

한울은
공중에 떠도는 흰구름을 사랑한다.

1 함경남도 고원 출신의 작가 강소천姜小泉의 동시집. 1941년 박문서관에서 발행했는데 그
   서두에 이 시가 있음.
2 '혀다'는 '켜다'의 평안북도 방언.

골짜구니로 숨어 흐르는 개울물을 사랑한다.

그리고 또

아늑하고 고요한 시골 거리에서 쟁글쟁글 햇볕만 바래는 시인

을 사랑한다.

하늘은

이러한 시인이 우리들 속에 있는 것을 더욱 사랑하는데

이러한 시인이 누구인 것을 세상은 몰라도 좋으나

그러나

그 이름이 강소천姜小泉인 것을 송아지와 꿀벌은 알 것이다.

─《호박꽃 초롱》, 1941. 1.

귀농歸農

백구둔白狗屯¹의 눈 녹이는 밭 가운데 땅 풀리는 밭 가운데
촌부자 노왕老王²하고 같이 서서
밭최뚝³에 즘부러진⁴ 땅버들의 버들개지 피여나는 데서
볕은 장글장글 따사롭고 바람은 솔솔 보드라운데
나는 땅임자 노왕한테 석상디기⁵ 밭을 얻는다

노왕은 집에 말과 나귀며 오리에 닭도 우울거리고
고방엔 그득히 감자에 콩곡석도 들여 쌓이고
노왕은 채매⁶도 힘이 들고 하루종일 백령조百鈴鳥⁷ 소리나 들으
려고
밭을 오늘 나한테 주는 것이고
나는 이젠 귀치않은 측량도 문서도 싫증이 나고

---

1 중국 길림성 장춘시(당시에는 남만주)에 있는 마을 이름.
2 '왕씨'. 중국에서 친한 사람을 부를 때, 연장자에게는 '노老'를 아랫사람에게는 '소小'를 붙임.
3 '밭둑'의 평안도 방언.
4 내리눌리듯 낮게 내려앉은.
5 '석섬지기'. 석 섬 정도의 곡식을 얻을 수 있을 만큼의 땅.
6 '채마菜麻'. 먹을거리나 입을거리로 심어 가꾸는 식물.
7 '몽고종다리'. 종다릿과의 새.

낮에는 마음 놓고 낮잠도 한잠 자고 싶어서
아전 노릇을 그만두고 밭을 노왕한테 얻는 것이다

날은 챙챙 좋기도 좋은데
눈도 녹으며 술렁거리고 버들도 잎 트며 수선거리고
저 한쪽 마을에는 마돗[8]에 닭 개 즘생도 들떠들고
또 아이 어른 행길에 뜨락에 사람도 웅성웅성 흥성거려
나는 가슴이 이 무슨 흥에 벅차오며
이 봄에는 이 밭에 감자 강냉이 수박에 오이며 당콩에 마늘과
파도 심그리라 생각한다

수박이 열면 수박을 먹으며 팔며
감자가 앉으면 감자를 먹으며 팔며
까막까치나 두더지 돝벌기[9]가 와서 먹으면 먹는 대로 두어두고
도적이 조금 걷어가도 걷어가는 대로 두어두고
아, 노왕, 나는 이렇게 생각하노라
나는 노왕을 보고 웃어 말한다

이리하여 노왕은 밭을 주어 마음이 한가하고
나는 밭을 얻어 마음이 편안하고
디퍽디퍽[10] 눈을 밟으며 터벅터벅 흙도 덮으며

---

8 '돼지'의 함경남도, 전라남도 방언. 본말은 '돝'. 앞의 '마'는 '말마'로 추정됨.
9 '잎벌레'. 잎벌렛과의 딱정벌레를 통틀어 이르는 말.
10 '지벅지벅'. 다리에 힘이 없어서 서투르게 휘청거리며 걷는 모양.

사물사물[11] 해볕은 목덜미에 간지러워서

노왕은 팔짱을 끼고 이랑을 걸어

나는 뒤짐을 지고 고랑을 걸어

밭을 나와 밭뚝을 돌아 도랑을 건너 행길을 돌아

지붕에 바람벽에 울바주에 볕살 쇠리쇠리한 마을을 가르치며

노왕은 나귀를 타고 앞에 가고

나는 노새를 타고 뒤에 따르고

마을 끝 충왕묘蟲王廟[12]에 충왕을 찾어뵈려 가는 길이다

토신묘土神廟에 토신도 찾어뵈려 가는 길이다

— 〈조광〉, 1941. 4.

11 살갗에 작은 벌레 따위가 기어가는 것처럼 간질간질한 느낌을 나타내는 말.
12 '충왕'을 모시는 사당. 농사에 피해를 주는 해충의 피해를 줄이기 위한 마음으로 중국에서는
    충왕절에 충왕묘에서 충왕에게 제사를 올림.

국수

눈이 많이 와서
산엣새가 벌로 날여 멕이고[1]
눈구덩이에 토끼가 더러 빠지기도 하면
마을에는 그 무슨 반가운 것이 오는가보다
한가한 애동들은 어둡도록 꿩사냥을 하고
가난한 엄매는 밤중에 김치가재미로 가고
마을을 구수한 즐거움에 사서 은근하니 홍성홍성 들뜨게 하며
이것은 오는 것이다
이것은 어늬 양지귀[2] 혹은 능달[3]쪽 외따른 산 옆 은댕이[4] 예데
가리밭[5]에서
하로밤 뽀오얀 흰 김 속에 접시귀 소기름불이 뿌우연 부엌에
산멍에[6] 같은 분틀을 타고 오는 것이다

1 '계속해서 내려오고'. '멕이다'는 어떤 상태가 계속해서 이루어지는 상태를 뜻함.
2 '귀'는 '귀퉁이'를 뜻함. 아래의 '접시귀'의 '귀'도 마찬가지다.
3 '응달'의 평안도, 함경도 방언.
4 '언저리'의 평안도 방언.
5 '산의 맨 꼭대기에 있는 오래된 비탈밭', 또는 '대여섯 낮 동안 갈 정도 넓이의 밭'으로 풀이됨.
6 '산몽애'는 '산무애뱀(뱀과의 하나. 네 개의 검은색, 또는 갈색 줄무늬가 머리부터 꼬리까지 있다)'의
  옛말.

이것은 아득한 옛날 한가하고 즐겁든 세월로부터

실 같은 봄비 속을 타는 듯한 여름 볕 속을 지나서 들쿠레한[7]
구시월 갈바람 속을 지나서

대대로 나며 죽으며 죽으며 나며 하는 이 마을 사람들의 으젓
한 마음을 지나서 텁텁한 꿈을 지나서

지붕에 마당에 우물든덩[8]에 함박눈이 폭폭 쌓이는 여늬 하룻밤

아배 앞에 그 어린 아들 앞에 아배 앞에는 왕사발에 아들 앞에
는 새끼사발에 그득히 살이워[9] 오는 것이다

이것은 그 곰의 잔등에 업혀서 길여났다는 먼 옛적 큰마니가

또 그 짚등색이[10]에 서서 자채기를 하면 산 넘엣 마을까지 들
렸다는

먼 옛적 큰아바지[11]가 오는 것같이 오는 것이다

아, 이 반가운 것은 무엇인가

이 히수무레하고 부드럽고 수수하고 슴슴한 것은 무엇인가

겨울밤 쩡하니 닉은 동티미국을 좋아하고 얼얼한 댕추[12]가루
를 좋아하고 싱싱한 산꿩의 고기를 좋아하고

그리고 담배 내음새 탄수[13] 내음새 또 수육을 삶는 육수국 내음

7 '들크레한'. '들크레하다'는 '조금 들큼하다'의 북한말.
8 '우물둔덕(우물의 둘레에 작은 둑처럼 두두룩하게 만들어 놓은 곳)'의 평안도 방언.
9 '사리다'는 '국수, 새끼, 실 따위를 둥그랗게 포개어 감다'의 뜻.
10 '등색이'의 본말은 '등석(등의 줄기로 만든 자리)'.
11 '할아버지'의 평안북도 방언.
12 '고추'의 평안도 방언.
13 '식초'.

새 자욱한 더북한[14] 삳방[15] 쩔쩔 끓는 아르궅[16]을 좋아하는 이것은
무엇인가

　이 조용한 마을과 이 마을의 으젓한 사람들과 살틀하니 친한
것은 무엇인가
　이 그지없이 고담枯淡하고 소박한 것은 무엇인가

　　　　　　　　　　　　　　　　　　　　　　　— 〈문장〉, 1941. 4.

14 '더북하다'는 풀이나 나무가 우거져 탐스럽고 수북하다는 뜻.
15 '삿방'. '삿자리를 깐 방'을 이르는 북한말.
16 '아랫목'의 평안도 방언.

흰 바람벽이 있어

오늘 저녁 이 좁다란 방의 흰 바람벽에
어쩐지 쓸쓸한 것만이 오고 간다
이 흰 바람벽에
희미한 십오 촉 전등이 지치운 불빛을 내어던지고
때글은[1] 다 낡은 무명샤쯔가 어두운 그림자를 쉬이고
그리고 또 달디단 따끈한 감주나 한잔 먹고 싶다고 생각하는
내 가지가지 외로운 생각이 헤매인다
그런데 이것은 또 어인 일인가
이 흰 바람벽에
내 가난한 늙은 어머니가 있다
내 가난한 늙은 어머니가
이렇게 시퍼러둥둥하니 추운 날인데 차디찬 물에 손은 담그고
무이며 배추를 씻고 있다
또 내 사랑하는 사람이 있다
내 사랑하는 어여쁜 사람이

---

1 때가 묻어 검은.

어늬 먼 앞대 조용한 개포[2]가의 나즈막한 집에서

그의 지아비와 마주 앉어 대구국을 끓여놓고 저녁을 먹는다

벌써 어린것도 생겨서 옆에 끼고 저녁을 먹는다

그런데 또 이즈막[3]하야 어늬 사이엔가

이 흰 바람벽엔

내 쓸쓸한 얼골을 쳐다보며

이러한 글자들이 지나간다

— 나는 이 세상에서 가난하고 외롭고 높고 쓸쓸하니 살어가

도록 태어났다

그리고 이 세상을 살어가는데

내 가슴은 너무도 많이 뜨거운 것으로 호젓한 것으로 사랑으

로 슬픔으로 가득 찬다

그리고 이번에는 나를 위로하는 듯이 나를 울력하는[4] 듯이

눈질[5]을 하며 주먹질을 하며 이런 글자들이 지나간다

— 하늘이 이 세상을 내일 적에 그가 가장 귀해하고 사랑하는

것들은 모두

가난하고 외롭고 높고 쓸쓸하니 그리고 언제나 넘치는 사랑과

슬픔 속에 살도록 만드신 것이다

초생달과 바구지꽃과 짝새와 당나귀가 그러하듯이

그리고 또 '프랑시쓰 쨈'과 도연명과 '라이넬 마리아 릴케'가

2 '개(강이나 내에 바닷물이 드나드는 곳)'의 평안북도 방언.
3 얼마 전부터 이제까지에 이르는 가까운 때.
4 '울력하다'는 둘 이상의 사람이 힘을 합해 일을 하다는 뜻.
5 눈으로 흘끔 보는 짓.

그러하듯이

— 〈문장〉, 1941. 4.

촌에서 온 아이

촌에서 온 아이여
촌에서 어젯밤에 승합자동차를 타고 온 아이여
이렇게 추운데 웃동[1]에 무슨 두룽이[2] 같은 것을 하나 걸치고 아
랫두리는 쪽 발가벗은 아이여
뽈다구에는 징기징기 앙광이[3]를 그리고 머리칼이 놀한 아이여
힘을 쓸랴고 벌써부터 두 다리가 푸둥푸둥하니 살이 찐 아이여
너는 오늘 아츰 무엇에 놀라서 우는구나
분명코 무슨 거짓되고 쓸데없는 것에 놀라서
그것이 네 맑고 참된 마음에 분해서 우는구나
이 집에 있는 다른 많은 아이들이
모도들 욕심 사납게 지게굳게[4] 일부러 청을 돋혀서
어린아이들 치고는 너무나 큰소리로 너무나 뛰겁[5] 많은 소리로
울어대는데

---

1 '윗동'의 옛말. '윗동'은 '윗동아리(긴 물체의 위쪽 부분)'의 준말.
2 '도롱이'. 재래식 비옷.
3 '앙괭이'. 섣달그믐날 밤에 잠자는 사람의 얼굴에 먹이나 검정 따위를 함부로 그려 놓는 일.
4 타일러도 듣지 않고 고집스럽게.
5 '겁'을 강하게 표현한 말.

너만은 타고난 그 외마디소리로 스스로웁게 삼가면서 우는구나

네 소리는 조금 썩심하니[6] 쉬인 듯도 하다

네 소리에 내 마음은 반끗히[7] 밝어오고 또 호끈[8]히 더워오고 그리고 즐거워온다

나는 너를 껴안어 올려서 네 머리를 쓰다듬고 힘껏 네 적은 손을 쥐고 흔들고 싶다

네 소리에 나는 촌 농삿집의 저녁을 짓는 때

나주볕[9]이 가득 드리운 밝은 방 안에 혼자 앉어서

실감기며 버선짝을 가지고 쓰렁쓰렁[10] 노는 아이를 생각한다

또 여름날 낮 기운 때 어른들이 모두 벌에 나가고 텅 뷔인 집 토방에서

햇강아지의 쌀랑대는 성화를 받어가며 닭의 똥을 주워 먹는 아이를 생각한다

촌에서 와서 오늘 아침 무엇이 분해서 우는 아이여

너는 분명히 하눌이 사랑하는 시인이나 농사꾼이 될 것이로다

— 〈문장〉, 1941. 4.

---

6 '썩심하다'는 '썩쉼하다(목소리가 울리는 데가 있게 깊고 쉰 듯하다)'가 본말인 북한말.
7 '방끗이'.
8 작은 것이 뜨거운 기운을 받아 갑자기 조금 달아오르는 상태를 뜻하는 북한말.
9 '저녁볕'. '나주'는 '저녁'의 평안북도, 함경북도 방언.
10 일을 건성으로 하는 모양.

조당 澡塘¹에서

나는 지나支那²나라 사람들과 같이 목욕을 한다
무슨 은殷이며 상商이며 월越이며 하는 나라 사람들의 후손들
과 같이
한 물통 안에 들어 목욕을 한다
서로 나라가 다른 사람인데
다들 쪽 발가벗고 같이 물에 몸을 녹히고 있는 것은
대대로 조상도 서로 모르고 말도 제가끔 틀리고 먹고 입는 것
도 모도 다른데
이렇게 발가들 벗고 한물에 몸을 씻는 것은
생각하면 쓸쓸한 일이다
이 딴 나라 사람들이 모두 이마들이 번번하니 넓고 눈은 컴컴
하니 흐리고
그리고 길쯧한 다리에 모두 민숭민숭하니 다리털이 없는 것이
이것이 나는 왜 자꼬 슬퍼지는 것일까

1 '목욕탕'의 중국말.
2 우리나라의 서북쪽. 아시아 동부에 있는 나라. 이 시에서는 중국.

그런데 저기 나무판장[3]에 반쯤 나가 누워서

나주볕을 한없이 바라보며 혼자 무엇을 즐기는 듯한 목이 긴
사람은

도연명은 저러한 사람이었을 것이고

또 여기 더운 물에 뛰어들며

무슨 물새처럼 악악 소리를 지르는 삐삐 파리한 사람은

양자楊子라는 사람은 아모래도 이와 같었을 것만 같다

나는 시방 옛날 진晉이라는 나라나 위衛라는 나라에 와서

내가 좋아하는 사람들을 만나는 것만 같다

이리하야 어쩐지 내 마음은 갑자기 반가워지나

그러나 나는 조금 무서웁고 외로워진다

그런데 참으로 그 은이며 상이며 월이며 위며 진이며 하는 나
라 사람들의 이 후손들은

얼마나 마음이 한가하고 게으른가

더운 물에 몸을 불키거나 때를 밀거나 하는 것도 잊어버리고

제 배꼽을 들여다보거나 남의 낯을 쳐다보거나 하는 것인데

이러면서 그 무슨 제비의 춤[4]이라는 연소탕燕巢湯[5]이 맛도 있는
것과

또 어느바루[6] 새악시가 곱기도 한 것 같은 것을 생각하는 것일
것인데

---

3 나무로 만든 판장. '판장'은 널빤지로 만든 울타리를 뜻함.
4 '침'의 방언.
5 '옌차오탕'. 제비집 수프.
6 '어디쯤'.

나는 이렇게 한가하고 게으르고 그러면서 목숨이라든가 인생
이라든가 하는 것을 정말 사랑할 줄 아는
그 오래고 깊은 마음들이 참으로 좋고 우러러진다
그러나 나라가 서로 다른 사람들이
글쎄 어린 아이들도 아닌데 쪽 발가벗고 있는 것은
어쩐지 조금 우수웁기도 하다

— 〈인문평론〉, 1941. 4.

두보杜甫나 이백李白같이

오늘은 정월 보름이다

대보름 명절인데

나는 멀리 고향을 나서 남의 나라 쓸쓸한 객고[1]에 있는 신세로다

옛날 두보나 이백 같은 이 나라의 시인도

먼 타관에 나서 이 날을 맞은 일이 있었을 것이다

오늘 고향의 내 집에 있는다면

새 옷을 입고 새 신도 신고 떡과 고기도 억병[2] 먹고

일가친척들과 서로 모여 즐거이 웃음으로 지날 것이였만

나는 오늘 때 묻은 입든 옷에 마른물고기 한 토막으로

혼자 외로이 앉어 이것저것 쓸쓸한 생각을 하는 것이다

옛날 그 두보나 이백 같은 이 나라의 시인도

이날 이렇게 마른물고기 한 토막으로 외로이 쓸쓸한 생각을

한 적도 있었을 것이다

나는 이제 어늬 먼 외진 거리에 한 고향 사람의 조고마한 가업[3]

---

1 客苦, 타지에서 고생을 겪음.
2 한량없이 많은 술, 또는 그만한 술을 마신 상태나 그만한 주량.
3 街業, 길거리에서 하는 영업.

집이 있는 것을 생각하고

　이 집에 가서 그 맛스러운 떡국이라도 한 그릇 사먹으리라 한다

　우리네 조상들이 먼먼 옛날로부터 대대로 이날엔 으레히 그러

하며 오듯이

　먼 타관에 난 그 두보나 이백 같은 이 나라의 시인도

　이날은 그 어늬 한고향 사람의 주막이나 반관飯館을 찾어가서

　그 조상들이 대대로 하든 본대로 원소元宵라는 떡을 입에 대며

　스스로 마음을 느꾸어 위안하지 않었을 것인가

　그러면서 이 마음이 맑은 옛 시인들은

　먼 훗날 그들의 먼 훗자손들도

　그들의 본을 따서 이날에는 원소를 먹을 것을

　외로이 타관에 나서도 이 원소를 먹을 것을 생각하며

　그들이 아득하니 슬펐을 듯이

　나도 떡국을 놓고 아득하니 슬플 것이로다

　아, 이 정월대보름 명절인데

　거리에는 오독독이4 탕탕 터지고 호궁胡弓 소리 삘삘 높아서

　내 쓸쓸한 마음엔 자꼬 이 나라의 옛 시인들이 그들의 쓸쓸한

마음들이 생각난다

　내 쓸쓸한 마음은 아마 두보나 이백 같은 사람들의 마음인지

도 모를 것이다

　아모려나 이것은 옛투의 쓸쓸한 마음이다

— 〈인문평론〉, 1941. 4.

---

4 불꽃놀이에 쓰는 딱총의 하나, 또는 폭죽.

당나귀

　날은 밝고 바람은 따사한 어느 아츰날 마을에는 집집이 개들 짖고 행길에는 한물컨이 아이들이 달리고 이리하야 조용하든 마을은 갑자기 흥성걸이었다.

　이 아츰 마을 어구의 다 낡은 대장간에 그 마당귀 까치 짖는 마른 들메나무 아래 어떤 길손이 하나 있었다. 길손은 긴 귀와 껌언 눈과 짧은 네 다리를 하고 있어서 조릅하니 신을 신기우고 있었다.

　조용하니 그 발에 모양이 자못 손바닥과 같은 검푸른 쇠자박을 대의고 있었다.

　그는 어느 고장으로부터 오는 마음이 하도 조요한 손이든가. 싸리단을 나려노코 갈기에 즉닙새를 날리는 그는 어느 산골로부터 오는 손이든가. 그는 어느 먼 산골 가난하나 평안한 집 훤하니 먼동이 터오는 으스스하니 추운 외양간에서 조짚에 푸른콩을 삶아 먹고 오는 길이든가 그는 안개 어린 멀고 가까운 산과 내에 동네방네 뻑국이 소리 닭의 소리를 느껴웁게 들으며 오는 길이든가.

　마른 나무에 사지를 동여매이고 그 발바닥에 아픈 못을 들여

백끼우면서도 천연하야 움직이지 않고 아이들이 돌을 던지고 어른들이 비웃음과 욕사설을 퍼부어도 점잔하야 어지러히 하지 않고 모든 것을 다 가엽시 여기며 모든 것을 다 받어들이며 모든 것을 다 허물하거나 탓하지 않으며 다만 홀로 널따란 비인 벌판에 있듯이 쓸쓸하나 그러나 그 마음이 무엇에 넉넉하니 차 있는 이 손은 이 아츰 싸리단을 팔어 양식을 사려고 먼 장으로 가는 것이었다.

날은 맑고 바람은 따사한 이 아츰날 길손은 또 새로히 욕된 신을 신고 다시 싸리단을 짊어지고 예대로 조용히 마을을 나서서 다리를 건너서 벌에서는 종달새도 일쿠고 늪에서는 오리 떼도 날리며 홀로 제 꿈과 팔자를 즐기는 듯이 또 섫어하는 듯이 그는 타박타박 아즈랑이 낀 먼 행길에 작어저갔다.

— 〈매일사진순보〉, 1942. 8. 11.

머리카락

큰마니야 네 머리카락 엄매야 네 머리카락 삼춘엄매야 네 머
리카락
머리 빗고 빗덥에서 꽁지는 머리카락
큰마니야 엄매야 삼촌엄매야
머리카락을 텅납새에 끼우는 것은
큰마니 머리카락은 아룻간 텅납새에 엄매 머리카락은 웃간 텅
납새에 삼촌엄매 머리카락도 웃칸 텅납새에 텅납새에 끼우는
것은
큰마니야 엄매야 삼촌엄매야
일은 봄철 산 넘어 먼 데 해변에서 가무래기 오면
흰가무래기 검가무래기 가무래기 사서 하리불에 구어 먹잔 말
이로구나
큰마니야 엄매야 삼촌엄매야
머리카락을 텅납새에 끼우는 것은
구시월 황하두서 황하당세[1] 오면

---

1 비녀 노래개 등 여성용품을 파는 황아장수.

막대심에 가는 세침 바늘이며 추월옥색 꼭두손이 연분홍 물감
도 사잔 말이로구나

— 〈매일신보〉, 1942. 11. 17.

산

머리 빗기가 싫다면
니[1]가 들구 나서
머리채를 끄을구 오른다는
산이 있었다

산 너머는
겨드랑이에 짗이 돋아서 장수가 된다는
덕거머리총각들이 살아서
색시 처녀들을 잘도 업어간다고 했다
산마루에 서면
멀리 언제나 늘 그뭏그뭏
그늘만 친 건넌 산에서
벼락을 맞아 바윗돌이 되었다는
큰 땅괭이 한 마리
수염을 뻗치고 건너다보는 것이 무서웠다

---

1 '이(슬蝨. 사람 몸, 특히 머리에 기생하며 피를 빨아 먹는 벌레)'의 옛말.

그래도 그 쉬영꽃[2] 진달래 빨가니 핀 꽃바위 너머
산 잔등에는 가지취 뻐국채[3] 게루기[4] 고사리 산나물판
산나물 냄새 물씬물씬 나는데
나는 복장노루[5]를 따라 뛰었다.

— 〈새한민보〉, 1947. 11.

2 '수영꽃'.
3 '뻐꾹채'. 국화과의 여러해살이풀.
4 '게로기(초롱꽃과의 여러해살이풀. 다른 말로 '모싯대')'의 북한말.
5 '복작노루'. '고라니'.

적막강산

오이밭에 벌배채[1] 통이 지는 때는
산에 오면 산 소리
벌로 오면 벌 소리

산에 오면
큰솔밭에 뻐꾸기 소리
잔솔밭에 덜거기 소리

벌로 오면
논두렁에 물닭의 소리
갈밭에 갈새 소리

산으로 오면 산이 들썩 산 소리 속에 나 홀로
벌로 오면 벌이 들썩 벌 소리 속에 나 홀로

1 '배추'. '배채'는 '배추'의 평안도, 함경도, 충청북도 방언.

정주定州 동림東林 구십여 리 긴긴 하로 길에
산에 오면 산 소리 벌에 오면 벌 소리
적막강산에 나는 있노라

— 〈신천지〉, 1947. 12.

마을은 맨천[1] 구신이 돼서

나는 이 마을에 태어나기가 잘못이다
마을은 맨천 구신이 돼서
나는 무서워 오력[2]을 펼 수 없다
자 방 안에는 성주[3]님
나는 성주님이 무서워 토방으로 나오면 토방에는 디운구신[4]
나는 무서워 부엌으로 들어가면 부엌에는 부뜨막에 조앙님

나는 뛰쳐나와 얼른 고방으로 숨어버리면 고방에는 또 시렁에
데석님
나는 이번에는 굴통[5] 모통이[6]로 달아가는데 굴통에는 굴대장군[7]

---

1 '사방四方'의 평안북도 방언.
2 '오금'의 평안북도 방언, 또는 '오류伍六', 곧 오장과 육부로 풀어 '온몸'으로도 해석됨.
3 집을 지키고 보호하는 신.
4 '지운地運귀신'. 땅의 운수를 맡는 귀신.
5 '굴뚝'의 평안도, 함경남도, 황해도 방언.
6 '모통이'의 방언.
7 '굴때장군(키가 크고 몸피가 굵으며 살갗이 검은 사람을 놀림조로 이르는 말)'의 북한말. 이
  시에서는 '굴뚝을 주관하는 신'으로 풀이됨.

얼혼[8]이 나서 뒤울안으로 가면 뒤울안에는 곱새녕[9] 아래 털능구신[10]

나는 이제는 할 수 없이 대문을 열고 나가려는데 대문간에는 근력 세인 수문장

나는 겨우 대문을 삐쳐나 바깥으로 나와서
밭 마당귀 연자간 앞을 지나가는데 연자간에는 또 연자망구신[11]
나는 고만 기겁을 하여 큰 행길로 나서서 마음 놓고 화리서리[12] 걸어가다 보니
아아 말 마라 내 발뒤축에는 오나가나 묻어 다니는 달걀구신
마을은 온 데 간 데 구신이 돼서 나는 아무 데도 갈 수 없다

— 〈신세대〉, 1948. 5.

---

8 '얼과 혼', 또는 '반쯤 없어져 온전하지 못한 정신'으로 풀이됨.
9 '곱새'+'녕'의 합성어로 짚으로 엮은 이엉을 얹은 지붕을 뜻함.
10 '철륭신'. 장독간을 지키는 신.
11 연자간(연자방아로 곡식을 찧는 방앗간)을 다스리는 귀신.
12 마음 놓고 네 활개를 휘저으며 걸어가는 모습.

칠월백중

마을에서는 세불 김[1]을 다 매고 들에서
개장취념[2]을 서너 번 하고 나면
백중 좋은 날이 슬그머니 오는데
백중날에는 새악시들이
생모시치마 천진푀치마[3]의 물팩[4]치기 껑추렁한 치마에
쇠주푀적삼[5] 항라적삼의 자지고름[6]이 기드렁한 적삼에
한끝나게[7] 상나들이옷을 있는 대로 다 내 입고
머리는 다리[8]를 서너 켜레씩 드려서
시뻘건 꼬둘채댕기[9]를 삐뚜룩하니 해 꽂고

---

1 '세벌 김'. 논에 세 번째로 하는 김매기. 마지막 김매기기도 하다.
2 '개장(국) 추렴'. 여럿이 돈을 모아 개장국을 끓여 먹는 일.
3 '천진포치마'. 중국 천진의 베로 만든 치마.
4 '물팩'은 '물패기'의 줄임말로 '무릎'의 평안북도, 경상북도 방언.
5 '소주포적삼'. 중국 소주의 베로 만든 홑저고리.
6 자주색 옷고름.
7 '한껏'.
8 예전에 여자들이 머리숱이 많아 보이려고 덧넣었던 딴머리.
9 빳빳하고 꼬드러지게 만든 가늘고 긴 댕기.

네날백이[10] 따백이[11]신을 맨발에 바꿔 신고

고개를 몇이라도 넘어서 약물터로 가는데

무썩무썩 더운 날에도 벌길에는

건들건들 씨연한 바람이 불어오고

허리에 찬 남갑사[12] 주머니에는 오랜만에 돈푼이 들어 즈벅이고

광지보[13]에서 나온 은장두에 바늘집에 원앙에 바둑에

번들번들하는 노리개는 스르럭스르럭 소리가 나고

고개를 몇이라도 넘어서 약물터로 오면

약물터엔 사람들이 백재일[14] 치듯 하였는데

봉가집[15]에서 온 사람들도 만나 반가워하고

깨죽이며 문주[16]며 섭[17]가락 앞에 송구떡을 사서 권하거니 먹
거니 하고

그러다는 백중물을 내는 소내기를 함뿍 맞고

호주를하니[18] 젖어서 달아나는데

이번에는 꿈에도 못 잊는 봉가집에 가는 것이다

봉가집을 가면서도 칠월 그믐 초가을[19]을 할 때까지

10 줄이 네 가닥으로 쪄여진.
11 '따배기'. 곱게 삼은 짚신.
12 '남색 갑사'. 얇고 성겨서 여름 옷감으로 많이 쓰는 품질이 좋은 비단.
13 '광주리보자기'. '광지'는 '광주리'의 함경도 방언.
14 '백차일白遮日'. 흰색 차일.
15 '본가本家집'. 이 시에서는 '친정집'을 뜻함.
16 '문추' '부꾸미'의 평안북도 방언.
17 '섭산적'. 쇠고기를 잘게 다져 갖은 양념을 한 뒤 구운 적.
18 '(물기에 젖어) 후줄근하게'.
19 '초가을걷이'.

평안하니 집사리[20]를 할 것을 생각하고

애끼는 옷을 다 적시어도 비는 씨원만 하다고 생각한다

— 〈문장〉, 1948. 10.

---

20 '집살이'. 결혼한 여자가 시집에 들어가 살림을 하는 일.

남신의주 유동 박시봉방 南新義州柳洞朴時逢方[1]

어느 사이에 나는 아내도 없고, 또,

아내와 같이 살던 집도 없어지고,

그리고 살뜰한 부모며 동생들과도 멀리 떨어져서,

그 어느 바람 세인 쓸쓸한 거리 끝에 헤매이었다.

바로 날도 저물어서,

바람은 더욱 세게 불고, 추위는 점점 더해 오는데,

나는 어느 목수네 집 헌 삿을 깐,

한 방에 들어서 쉰을 붙이었다.[2]

이리하여 나는 이 습내 나는 춥고, 누긋한 방에서,

낮이나 밤이나 나는 나 혼자도 너무 많은 것같이 생각하며,

딜옹배기[3]에 북덕불[4]이라도 담겨 오면,

이것을 안고 손을 쬐며 재 우에 뜻 없이 글자를 쓰기도 하며,

또 문밖에 나가디두 않구 자리에 누워서,

1 '방方'은 편지의 주소를 쓸 때 집주인의 이름 아래 붙여 그 집에 살고 있음을 나타내는 말. 이 제목을 풀이하면 '남신의주 유동 박시봉 씨댁'이 됨.
2 '주인집에 세 들었다'.
3 '질옹배기'. 둥글넓적하고 아가리가 쩍 벌어진 아주 작은 질그릇.
4 '북데기(짚이나 풀 따위가 함부로 뒤섞여서 엉클어진 뭉텅이)'에 피운 불.

머리에 손깍지벼개를 하고 굴기도 하면서,

나는 내 슬픔이며 어리석음이며를 소처럼 연하여 쌔김질하는 것이었다.

내 가슴이 꽉 메어 올 적이며,

내 눈에 뜨거운 것이 핑 괴일 적이며,

또 내 스스로 화끈 낯이 붉도록 부끄러울 적이며,

나는 내 슬픔과 어리석음에 눌리어 죽을 수밖에 없는 것을 느끼는 것이었다.

그러나 잠시 뒤에 나는 고개를 들어,

허연 문창을 바라보든가 또 눈을 떠서 높은 천정을 쳐다보는 것인데,

이때 나는 내 뜻이며 힘으로, 나를 이끌어가는 것이 힘든 일인 것을 생각하고,

이것들보다 더 크고, 높은 것이 있어서, 나를 마음대로 굴려가는 것을 생각하는 것인데,

이렇게 하여 여러 날이 지나는 동안에,

내 어지러운 마음에는 슬픔이며, 한탄이며, 가라앉을 것은 차츰 앙금이 되어 가라앉고,

외로운 생각만이 드는 때쯤 해서는,

더러 나줏손에[5] 쌀랑쌀랑 싸락눈이 와서 문창을 치기도 하는 때도 있는데,

나는 이런 저녁에는 화로를 더욱 다가 끼며, 무릎을 꿇어 보며,

---

5 '저녁 무렵에'.

어니 먼 산 뒷옆에 바우 섶에 따로 외로이 서서,

어두워오는데 하이야니 눈을 맞을, 그 마른 잎새에는,

쌀랑쌀랑 소리도 나며 눈을 맞을,

그 드물다는 굳고 정한 갈매나무라는 나무를 생각하는 것이었다.

— 〈학풍〉, 1948. 10.

제 4부 분단 이후의 시

등고지

정거장에서 육십 리
육십 리 벌길은 멀기도 했다

가을 바다는 파랗기도 하다!
이 파란 바다에서 올라온다

민어, 농어, 병어, 덕재, 시왜
칼치…가

이 길 외진 개포에서
나는 늙은 사공 하나를 만났다
이제는 기나긴 세월

앞바다에 기어든
원쑤를 치러
어둔 밤 거친 바다로
배를 저어갔다는 늙은

전사를!

멀리 붉은 노을 속에
두부모처럼 떠 있는
그 신도라는 섬으로
가고 싶었다

— 〈문학신문〉, 1957. 9. 19.

제3인공위성

나는 제3인공위성
나는 우주 정복의 제3승리자
나는 쏘베트 나라에서 나서
우주를 나르는 것

쏘베트 나라에 나서
우주를 나르는 것
해방과 자유의 사상
공존과 평화의 이념
위대한 꿈 아닌 꿈들……
나는 그 꿈들에서도 가장 큰 꿈

나는 공산주의의 천재
이 땅을 경이로 휩싸고
이 땅을 희망으로 흐뭇케 하고
이 땅을 신념으로 가득 채우고
이 땅을 영광으로 빛내이며

이 땅의 모든 설계를 비약시키는 나
나는 공산주의의 자랑이며 시위
공산주의 힘의, 지혜의
공산주의 용기의, 의지의

모든 착하고 참된 정신들에는
한없이 미쁜 의지, 힘찬 고무로
모든 사납고 거만한 정신들에는
위 없이 무서운 타격, 준엄한 경고로
내 우주를 나르는 뜻은
여기 큰 평화의 성좌 만들고저!

지칠 줄 모르는 공산주의여,
대기층을 벗어나, 이온층을 넘어
뭇 성좌를 지나, 운석군을 뚫고
우주의 아득한 신비 속으로
태양계의 오묘한 경륜 속으로
크게 외치어 바람 일구어
날아오르고 오르는 것이여,
나는 공산주의의 사절
나는 제3인공위성

— 〈문학신문〉, 1958. 5. 22.

이른 봄

골 안에 이른 봄을 알린다 하지 말라
푸른 하늘에 비낀 실구름이여,
눈 녹이는 큰길가 버들강아지여,
돌배나무 가지에 자지러진 양진이 소리여.

골 안엔 이미 이른 봄이 들었더라
산기슭 부식토 끄는 곡괭이 날에,
개울섶 참버들 찌는 낫자루에,
양지쪽 밭에서 첫 운전하는 뜨락또르 소리에.

골 안엔 그보다도 앞서 이른 봄이 들었더라
감자 정당 40톤, 아마 정당 3톤 —
관리위원회에 나붙은 생산 계획 숫자 위에
작물별 경지 분당 작업반장회의의
밤새도록 밝은 전등 불빛에.

아, 그보다도 앞서 지난해 가을

알곡을 분배받던 기쁨 속에, 감사 속에,
그때 그 가슴 치밀던 증산의 결의 속에도.

붉은 마음들 붉게 핀 이 골 안에선
이른 봄의 드는 때를 가르기 어려웁더라.
이 골 안 사람들의 그 붉은 마음들은
언제나 이른 봄의 결의로, 긴장으로 일터에 나서나니.

— 〈조선문학〉, 1959. 6.

공무여인숙

삼수 삼십 리, 혜산 칠십 리
신파 후창이 삼백열 리,
북두가 산머리에 내려앉는 곳
여기 행길가에 나앉은 공무여인숙.

오고가던 길손들 날이 저물면
찾아들어 하룻밤을 묵어가누나 —
면양 칠백 마리 큰 계획 안고
군당을 찾아갔던 어느 협동조합 당위원장.
근로자학교의 조직과 지도를 맡아
평양대학에서 온다는 한 대학생,
마을 마을의 수력 발전, 화력 발전
발전 시설을 조사하는 군 인민위원회 일꾼.
붉은 편지 받들고 노동 속으로 들어가려
산과 땅 먼 임산사업소로 가는 작가……

제각기 찾아가는 곳 다르고,

제각기 서두르는 일 다르나
그러나 그들이 이 집에 이르는 길,
이 집에서 떠나가는 길
그것은 오직 한 갈래 길—사회주의 건설의 길.

돈주아 고삭아 이끼 덕이 치고
통나무 굴뚝이 두 아름이나 되는 이 집아,
사회주의 높은 봉우리 바라
급한 길 다우치다 길 저문 사람들
하룻밤 네 품에 쉬여 가나니,

아직 채 덩실하니 짓지 못한
산골 행길가의 조그마한 여인숙이라
네 스스로 너를 낮추 여기지 말라,
참구름 노던 투박한 자리로나마
너 또한 사회주의 건설에 힘 바치는 귀한 것이어니.

— 〈조선문학〉, 1959. 6.

갓나물

삼수갑산 높은 산을 내려
홍원 전진 동해바다에
명태를 푸러 갔다 온 처녀,
한 달 열흘 일을 잘해
민청상을 받고 온 처녀,
산수갑산에 돌아와 하는 말이 —

"산수갑산 내 고향 같은 곳
어디를 가나 다시 없습데.
홍원 전진 동태 생선 좋기는 해도
삼수갑산 갓나물만 난 못합데."

그런데 이 처녀 아나 모르나.
한 달 열흘 고향을 난 동안에
조합에선 세 톤짜리 화물자동차도 받아
내일모레 쌀과 생선 실러 가는 줄,
내일모레 이 고장 갓나물 실어 보내는 줄.

삼수갑산 심심산골에도
쌀이며 생선 왕왕 실어 보내는
크나큰 그 배려 모를 처녀 아니나,
그래도 제 고장 갓나물에서
더 좋은 것 없다는 이 처녀의 마음.
삼수갑산 갓나무같이 향기롭구나 ―

― 〈조선문학〉, 1959. 6.

공동식당

아이들 명절날처럼 좋아한다.
뜨락이 들썩 술래잡기, 숨박꼭질.
퇴 위에 재깔대는 소리, 깨득거리는 소리.

어른들 잔칫날처럼 흥성거린다.
정주문, 큰방 문 연송 여닫으며 들고 나고
정주에, 큰방에 웃음이 터진다.

먹고 사는 시름 없이 행복하며
그 마음들 이대도록 평안하구나.
새로운 둥지의 사랑에 취하였으매
그 마음들 이대도록 즐거웁구나.

아이들 바구니, 바구니 캐는 달래
다 같이 한부엌으로 들여오고,
아낙네들 아끼여 갓 헐은 김치
아쉬움 모르고 한식상에 올려놓는다.

왕가마들에 밥을 짓고 국은 끓어
하루 일 끝난 사람들을 기다리는데
그 냄새 참으로 구수하고 은근하고 한없이 깊구나
성실한 근로의 자랑 속에……

밭 갈던 아바이, 감자 심던 어버이
최뚝에 송아지와 놀던 어린것들,
그리고 탁아소에서 돌아온 갓난것들도
둘레둘레 둘려 놓인 공동 식탁 위에,
한없이 아름다운 공산주의 노을이 비낀다.

— 〈조선문학〉, 1959. 6.

축복

이 먼 타관에 온 낯설은 손을
이른 새벽부터 집으로 청하는 이웃 있도다.

어린것의 첫생일이니
어린것 위해 축복 베풀려는 이웃 있도다.

이깔나무 대들보 굵기도 한 집엔
정주에, 큰방에, 아이 어른—이웃들이 그득히들 모였는데,
주인은 감자국수 눌러, 토장국에 말고
콩나물 갓김치를 얹어 대접을 한다.

내 들으니 이 집 주인은 고아로 자라난 사람.
이 집 안주인 또한 고아로 자라난 사람.
오직 당과 조국의 품 안에서
당과 조국을 어버이로 하고 자라난 사람들.

그들의 목숨도 사랑도 그리고 생활도

당과 조국에서 받은 것이어라.
그리고 그들의 귀한 한 점 혈육도
당과 조국에서 받은 것이어라.

이 아침, 감자국수를 누르고, 콩나물 데워
이웃 사람들을 대접하는 이 집 주인들의 마음에
이 아침 콩나물을 놓은 감자국수를 마주하여
이 집 주인들의 대접을 받는 이웃 사람들의 마음에
가득히 차오르는 것은 어린아이에 대한 간절한 축복
그리고 당과 조국의 은혜에 대한 한량없는 감사.

나도 이 아침 축복받는 어린 것을 바라보며,
당과 조국의 은혜 속에 태어난 이 어린 생명이
당과 조국의 은혜 속에 길고 탈 없는 한평생을 누리기와,
그 한평생이 당과 조국을 기쁘게 하는 한평생이 되기를 비노라.

— 〈조선문학〉, 1956. 6.

하늘 아래 첫 종축 기지에서

어미돼지들의 큰 구유들에
벼겨, 그리고 감자 막걸리.
새끼돼지들의 구유에
만문한 삼베 철음에, 껍질 벗긴 삶은 감자,
그리고 보리 길금에 삭인 감자 감주.

이 나라 돼지들, 겨읍도록 복되구나
이 좋은 먹이들 구유에 가득히들 받아,
하늘 아래 첫 종축 기지로 오니
내 마음 참으로 흐뭇도 하구나.

눈길이 모자라는, 아득히 넓은 사료전에
맥류며, 씰로스용 옥수수,
드높은 사료 창고엔 용마루를 치밀며
싸리잎, 봇나무잎, 찔괭이잎, 가죽나무잎……

풀을 고기로의 당의 어진 뜻

온 밭과 곳간과 사람들의 마음에 차고 넘쳐.
하늘 아래 첫 종축 기지로 오니
내 마음 참으로 미쁘기도 하구나.

흐뭇하고 미쁜 마음 가슴에 설레인다.
이 풀밭에 먹고 노는 큰 돼지, 작은 돼지
백만이요, 천만으로 개마고원에 살찔 일 생각하매,
당의 웅대하고 현명한 또 하나 설계가
조국의 북쪽 땅을 복지로 만드는 일 생각하매.

복수백산 찬바람이 내려치는 여기에
밤으로, 낮으로, 흐뭇하고 미쁜 일 이루어가며
사람들 뜨거운 사랑으로 산다—
돼지 새끼 하나 개에게 물렸다는 말에
지배인도 양돈공도 안타까이 서둔다.
그리고 분만 앞둔 돼지를 지켜
번식돈 관리공이 사흘 밤을 곧장 새운다.

이렇든 쓰다듬고, 아끼며
당의 뜻 받들고 사는 사람들
하늘 아래 첫 종축 기지로 오니
마음 참으로 뜨거워 온다.

내 그저 축복 드린다.

하늘 아래 첫 종축 기지의 주인들에게
기쁨에 찬, 한량없는 축복 드린다.

— 〈조선문학〉, 1959. 9.

돈사의 불

깊은 산골의 야영 돈사엔
밤이면 불을 켠다.
한 오리 되염즉, 기다란 돈사.
그 두 난골 낮은 처마 끝에 달아
유리를 대인 기다란 네모 나무 등에
가스 불, 불을 켠다.

자정도 지난 깊은 밤을
이 불 밑으로 번식돈 관리공이 오고간다.
2년 5산 많은 돼지를 받노라, 키우노라.
항시 기쁨에 넘쳐 서두르는
뜨거운 정성이, 굳은 결의가 오고간다 —

다산성 번식돈이 밤사이
그 잘 줄 모르는 숨소리 사이로,
1년 3산의 제2산 종부가 끝난 번식돈의
큰 기대 안겨주는 그 소중한, 고로운 숨소리 사이로,

또 시간 젖에 버릇 붙여놓은 새끼돼지들의
어미의 젖꼭지를 찾아 덤비는 그 다급한 외침 소리 사이로.
그러던 그 관리공의 발길이 멎는다.
밤중으로, 아니면 날 새자 분만할 돼지의
깃자리 보는 그 초조한 부스럭 소리 앞에.
그 발길 이 기대에 찬 분만의 자리를 지켜 오래 머문다.

밀기울 누룩의 감자술 만들어 사료에 섞기도 하였다.
유화철 용액으로, 더운물로 몸뚱이를 씻어도 주었다.
그러나 한 번식돈 관리공의 성실한 마음 이것으로 다 못해
이제 이 깊은 밤을 순산을 기다려 가슴 조이며
분만 앞둔 돼지의 그 높고 잦은 숨소리에 귀 기울여 서누나.

밤이 더 깊어가면 골 안에 안개는 돌아
돈사 네모 등의 가스 불빛도 희미해진다
그러나 돈사에는 이 불 아닌 또 하나 불이 있어
언제나 꺼질 줄도, 희미해질 줄도 없이 밝은 불.
이 불 ― 한 해에 천 마리 돼지를 한 손으로 받아 사랑하는 나
라에 바치려, 사랑하는 땅의 바라심을 이루우려,
온 마음 기울여 일하는 한 젊은 관리공의
당 앞에 드리는 맹세로 켜진, 그 붉은, 충실한 마음의 불.

─ 〈조선문학〉, 1959. 9.

눈

초저녁 이 산골에 눈이 내린다.
조용히 조용히 눈이 내린다.
갈매나무, 돌배나무 엉클어진 숲 사이
무리돌이 주저앉은 오솔길 위에
함박눈, 눈이 내린다.

초저녁 호젓도 한 이 외딴 길을
마을의 여인 하나 걸어간다
모롱고지 하나 돌아 작업반장네 집
이 집에 노전결이 밤 작업에 간다.

모범 농민, 군 대의원, 그리고 어엿한 당원 —
박순옥 아맹이의 위에 눈이 내린다
지아비, 원수를 치는 싸움에 바치고
여덟 자식 고이 길러내는 이 홀어미의 어깨에,
늙은 시아비, 늙은 시어미 정성으로 섬기여,
그 효성 눈물겨운 이 갸륵한 며느리의 잔등에

눈이 내린다, 함박눈이 내린다.

이 여인의 마음에도 눈이 내린다
잔잔하고 고로운 그 마음에,
때로는 거센 물결치는 그 마음에
슬프고 즐거운 지난날의 추억들 위에,
타오르는 원수에의 증오 위에,
또 하루 당의 뜻대로 살은 떳떳한 마음 위에,
눈이 내린다. 눈이 쌓인다.

다정한 이야기같이, 살뜰한 쓰다듬같이
눈이 내린다.
위안같이, 동정같이, 고무같이
눈이 내린다.
이 호젓한 밤길에 눈이 내린다.
여인의 발자국을 그리며 지우며,
뜨거워 뜨거운 이 여인의 가슴속
가지가지 생각의 자국을 그리며 지우며
푹푹 나리여 쌓인다, 그 어느 크나큰 은총도
홀아비를 불러 낮에도 즐겁게
홀어미를 불러 이 밤도 즐겁게
더욱 큰 행복으로 가자고, 어서 가자고
뒤에서 밀고 앞에서 당기는 당의 은총이.

밤길 위에,
이 길을 걷는 한 여인의 위에
눈이 내린다,
눈이 내려 쌓인다.
은총이 내린다.
은총이 내려 쌓인다.

— 〈조선문학〉, 1960. 3.

전별

어제는 남쪽 집 처자의 시집가는 길
산 위 아마밭머리에 바래 보냈더니
오늘은 동쪽 집 처자의 시집가는 길
산 아래 감자밭둑에 바래 보내누나.

햇볕 따사롭고 바람 고로웁고
이 골짝, 저 골짝 진달래 산살구꽃은 곱고
이 숲속 저 숲속 뻐꾸기 멧비둘기 새소리 구성지고
동쪽 집 처자는 높은 산을 몇이라도 넘어
먼먼 보천 땅으로 간다는데
보천 땅은 뒷재 위에서도 백두산이 보인다는 곳.
사람들 동쪽 집 처자를 바래 보낸다.
먼 밭, 가까운 밭에, 웅기중기 일어서
호미 들어, 가래 들어 그 앞날을 축복한다.
말하자면 이 어린 처자는 그들의 전우
전우의 앞날이 빛나기를 빈다.
하루에 감자밭 천 평을 매 제끼는 솜씨 —

이 솜씨 칭찬하는 마음도 이 축복에 따르고
추운 날 산 위에 우등불 잘도 놓던 마음씨 —
이 마음씨 감사하는 마음도 이 축복에 따르누나.
동쪽 집 처자는 산길을 굽이굽이
뒤를 돌아보며, 돌아보며 밭길 무거이 간다.
가지가지 산천의 정이, 사람들의 사랑이
별리의 쓴 눈물 삼키게 하매
그 작은 붉은 마음 바쳐온 싸움의 터 —
저 골짜기 발전소가, 이 비탈의 작잠장이
다하지 못한 충성을 붙들어놓지 않으매,
동쪽 집 처자는 고개를 넘어 사라진다.
그러나 그 깔깔대는 웃음소리 허공에 들리누나.
그러나 그 흘린 땀 냄새 땅 위에 풍기누나.
어제는 남쪽 집 처자를 산 위에
오늘은 동쪽 집 처자를 산 아래
말하자면 이 어린 전우들을 딴 진지로 보내는 것은
마음 얼마큼 서운한 일이니
그러나 얼마나 즐겁고 미쁜 일인가
그러나 얼마나 거룩하고, 숭엄한 일인가!

— 〈조선문학〉, 1960. 3.

천년이고 만년이고

천년이고 만년이고 먼먼 훗날에
세상에선 옛이야기 하나 전해 가리라.
서쪽 나라들에서는--
[그 옛날 어느 동쪽 나라에…]
동쪽 나라들에서는--
[그 어느 산 높고 물 맑은 나라에…]
그 이야기 허두 이렇게 나오리라.
그러나 그 이야기 하나로 흐르리라
[그 나라는 한때 긴긴 밤의 나라,
그 나라 사람들 광명을 못 보고 헤매었더라.
그 나라 독거미 같은, 승냥이 같은 원쑤들에게 눌려
그 나라 사람들 고통 속에 울었더라]

그 이야기 이렇게 이어 가리라
[그 나라에 한 영웅 태여났더라
지혜와 용기 천하에 비할 데 없이,
나라와 인민애의 사랑 불보다 뜨거웠더라.

그 나라 북쪽 높은 산 우에 칼을 갈은 그
눈 속에 자고, 바람을 마시기 열다섯 해,
드디어 원쑤들의 손에서 잃은 나라 찾고
인민들을 고통에서 구원하였더라.]

그 이야기 또다시 이어 가리라
[영웅은 한 가지 진리를 믿어 싸웠더라
가난하고 학대받는 모든 사람들이
이 세상 모든 것의 주인이 되어야 한다는 진리.
이 진리대로 영웅이 꾸민 나라,
이 나라엔 가지가지 기적들 일어났더라--
산은 옮겨지고, 강물은 산으로 오르고
하루 밤 새 하늘 닿는 집채 일떠서고
하루 낮에 마른 땅은 오곡으로 물결쳤더라
조화에 찬 기계 소리 온 나라에 울리고
창문마다 밤이면 별 아닌 별들 반짝였더라
이리하여 이 나라 사람들
풍성한 살림 속에 노래 부르고 춤추고
자유와 행복을 누려 나는 새 같았더라.]

수많은 시인과 력사가와 이야기꾼들은
아름다운 말들로 이 이야기 속의 영웅들 찬양하리라--
하늘에서 내려온 사람이였다고도
햇님이 낳은 아들이였다고도

또는 거룩한 인민의 수령이었다고도.
그리고 그 말들 모두 사람들껜 참된 것들이여라.

서쪽 나라 사람들도, 동쪽 나라 사람들도
천년, 만년 이 영웅의 이야기 외워 전하며
그를 흠모하리라,
존숭하리라
그리고 이 영웅을 수령으로 받들었던 인민을
부러워하리라 축복하리라

천년이고, 만년이고 먼먼 훗날
이 영웅을 사모하고 존숭하는 사람들 속에
내 문득 다시 태여난다면 얼마나 좋으랴--
내 동쪽 나라들에도, 서쪽 나라들에도 가며
내 그들에게 자랑하여 말하리라--
내가 바로 그 영웅이 세운 나라 사람이었노라고,
내가 바로 진리 위해 싸운 그 영웅의 전사였노라고,
우리 그 이 얼굴 뵈올 때마다 우리의 심장 높이 뛰였더라고.
그 이 음성 들을 때마다 우리의 피는 뜨겁게 끓었더라고

그럴 때면 그 사람들 나의 말을 향하여
열광하는 환호 그칠 줄 모르리니,
이 해일 소리 같은 요란한 소리 자기를 기다려
내 목청 높여 다시 한 마디 이을 말--

그 사람들 다 알지 못할 한마디 말 웨치리라--

[우리들 그 이의 뜻 가는 데 있었노라

우리들 그 이의 마음속에만 살았노라.

그 이는 우리들의 자유였더라, 행복이였더라

그 이는 우리들의 청춘, 우리들의 사랑,

우리들의 목숨, 우리들의 력사였더라,

그 이는 우리들의 모든 것의 모든 것이였더라!]

―《조선노동당 창건 15주년 기념시집》, 1960, 10. 1.

탑이 서는 거리

혁명의 거리로
혁명의 노래가 흐른다.
혁명은 청춘,
청춘은 거리로
청춘의 대오가 흐른다.
흙 묻은 배낭에 담긴 충성이,
검붉은 얼굴에 빛나는 영예가,
높은 발구름에 울리는 투지가,
오색 깃발에 나부끼는 긍지가……
흐른다, 흐른다,
혁명의 거리로, 청춘의 거리로.
혁명의 거리로 흐르는 청춘들은
탑을 세우려 멀리서 왔구나,
혁명의 거리에 하늘 높이
탑 하나 장하게 세우려 왔구나.
이 높은 탑을 우러러
천만의 가슴속마다 탑은 서리니

천만의 가슴속에
천만의 탑을 세우려 왔구나, 청춘들이여.
진리의 승리를 믿어
조국 광복의 거룩한 길에서
때도 없이, 곳도 없이,
주저와 남김은 더욱 없이
바쳐질 대로 바쳐진 고귀한 사람들의
청춘이여, 사랑이여, 꿈이여, 목숨이여,
이 탑 속에 살으리라
만년 세월이 다 가도록 살으리라,
만년 세월이 다 가도록
천만의 가슴속 탑들에도 살으리라.
혁명의 거리에 솟는 탑이여,
이 탑을 불러 인민 영웅의 탑이란다,
조국 강산에 향기로운 이름 남기고
천만 겨레의 사랑 속에 영생하는
그 사람들의 이름으로 부르고 부를
인민 영웅의 탑이란다,
영웅들의 이름, 가슴에 그리며, 따르며,
그들 위해 높은 탑을 세우려 온 청춘들이여,
영웅들의 청춘에
그대들의 청춘은 잇닿았으니,
영웅들의 역사에
그대들의 역사는 잇닿았으니,

청춘의 대오여,
그대들 오늘 이 영웅들 따라
영웅들 부르던 노래 높이 부르며
영웅들의 발걸음에 발을 맞추며
나아가누나, 그들이 가던 길로,
그들이 목숨 바쳐 닦아놓은 길로.

혁명의 거리로 흐르는 청춘들이여,
한 탑을 세워
천만의 탑을 세우려 온 청춘들이여!

— 〈조선문학〉, 1961. 12.

손뼉을 침은

자산 땅에 농사짓는 아주머니시여
동해 어느 곳의 선장 아바이시여
먼 국경 거리의 판매원 동무이시여,
나와 자리를 나란히 또 마주한 이들이시여,
우리 다 같이 손뼉을 칩시다
우리 소리 높이 손뼉을 칠 때가 또 왔으니.

우리 손뼉을 치는 것은
우리들의 가슴속에 기쁨이 솟구칠 때,
우리들의 영예가 못내 자랑스러울 때,
우리 손뼉을 치는 것은
우리들의 승리를 스스로 축하할 때
우리들의 마음속에 타오르는 뜻이 있을 때.

우리 손뼉을 칩시다
적으나 크나 우리 시방
또 하나 자랑스러운 영예 지니었으니,

또 하나 가슴에 넘치는 기쁨 얻었으니.

나와 자리를 나란히 또 마주한 이들이시여,
우리 같이 먼 길을 오는 기나긴 동안
우리 서로 다정하게 지나는 이 차 안에서
한때의 거처를 알뜰히 거두었으매,
길에 나서 가질 마음도, 지킬 범절도
하나같이 소홀히 하지 않았으매

어여쁜 열차원 — 처녀 우리의 찻간에 승리의 깃발 걸어주고
엄격한 차장 동무 우리의 승리를 기뻐 축하하여
이제 우리들은 여행의 승리자로 되었사외다.

우리 이 승리를 위해 또 손뼉 높이 칩시다.
우리 그동안 얼마나 많은 손뼉 쳐왔습니까
그 많은 우리들의 기쁨과 승리가 있을 때마다,
그 많은 우리들의 영예와 결의가 있을 때마다.

우리들의 손뼉 소리에
우리의 찬란한 역사는 이루어지고,
우리들의 손뼉 소리에
우리의 혁명은 큰 걸음을 내짚습니다.

한 번도 헛되이 울린 적 없는 손뼉을

한 번도 소홀히 울린 적 없는 손뼉을
오늘은 이 차 안의 조그만 승리 위해
조그만 영예 위해 우리 높이 울립시다.

우리 자리를 나란히 또 마주한 이들이시여,
우리의 손뼉을 높이 칩시다.
우리들의 가슴속 높은 고동을 따라.

— 〈조선문학〉, 1961. 12.

돌아온 사람

쉰세 번째 배로 왔노라 하였다.
그대의 서투른 모국의 말,
그로 하여 따사롭게 그대를 껴안누나,
조국의 품이.
그대의 해쓱한 얼굴,
섬나라 풍토 사나왔음이리니
그로 하여 더욱 자애로 차 바라보누나,
조국의 눈이.

이제는 차창에 기대여 잠들었구나,
그 기억 속 설레여 잘 줄 모르던
출항의 동라 소리도, 동행의 푸른 물결도
조국 산천을 가리우던 눈시울의 이슬도.
그러나 잠 못 들리라,
조국에 대한 사무치던 사모는,
심장에 끓어 넘치던 민족의 피는,
이 한 밤이 다 가도

천만 밤이 가고 또 가도.
아니, 잠 속에서도 사무치리라, 끓으리라

눈 감아, 이미 숨소리 높은 사람아,
조국의 꿈은 구원이구나, 자유구나,
행복이구나, 삶이구나,
이 품을 위해서는 좋으리라
열 동해를 모진 바람 속에 건너도.

돌아온 사람아,
의탁하라 그대의 감격도 피곤도
새벽 가까운 시각에 수도 향해 달리는 열차에.
그대의 하룻밤의 운명 앞에는
이제 곧 찬란한 새날의 해돋이가 마주하리니.

돌아온 젊은 사람아
의탁하라 그대의 운명을,
위대한 역사의 시각을 달리는
조국의 크나큰 운명의 열차에.

이 차는 머지않아 닿으리라,
금빛 햇볕 철철 넘치는 속에
이 나라 온 겨레가
이 누리의 모든 친근한 사람들이

. 공산주의 승리에 환호 울리는 곳에.

게서는 하늘과 땅에 삶의 기쁨 넘치고

인생의 향기 거리와 마을에 가득히 풍기리니.

이 아침을 향하여 길 바쁜 조국이

그 품에 그대의 안식을 안아 기쁘리라.

— 〈조선문학〉, 1961. 12.

석탄이 하는 말

우리는 천 길 땅 밑으로부터
밝고 넓은 땅 우로 올라왔다.

충충히 나서는
우리들의 굳은 벽을
밤낮없이 뚫러 나아가는
그 사람들의 힘으로 하여
그들의 그 무쇠 같은 팔뚝들로 하여
그 불덩이 같이 뜨거운 마음들로 하여
그리고 무엇보다도
우리를 어서 오라고
어서 많이 오라고
부르고 또 부르신 당의 뜻으로 하여

우리 천 길 땅 밑으로부터
밝고 넓은 땅 우로 올라왔다.

우리들 비록 천만년을
땅속에 묻혔던 몸들이나
우리들의 가슴에도 꺼질 줄 없이

오래오래 지녀온 소원은 있었다 ―
우리도 밝고 넓은 세상으로 나와
나라 위해 큰일을 하고 싶었다.

큰일들 바쁘게 벌어진 땅 우에서
사람들은 우리를 반겨준다.
사람들은 우리를 믿어준다.

여기서도 저기서도 우리를 찾는다 ―
제철소에서도 공장에서도
그리고 발전소에서도
가지가지로 우리에게 부탁한다 ―
쇠를 녹여달라. 전기를 낳아달라.
옷감과 구둣감이 되여 달라……

우리 비록 차고 굳은 석탄 덩이리나
우리에게도 뜨거운 피가 뛴다.
우리 비록 꺼먼 석탄 덩어리나
우리에게도 붉은 심장은 있다.

일곱 해 크나큰 일의 한몫을 맡아
자랑과 감격 안고 나선 우리.
어떻게 이 부름들 아니 좇을가.
어떻게 이 부탁들 아니 들을가.
이 부름과 부탁들
그 어디서 오는 높은 뜻임을
우리도 잘 알고 있으니!

우리들 제철소로 간다.
공장으로 발전소로 간다.
쇠도 녹이고 전기와 가스도 낳으려고
또 곱고 질린 천으로도 되려고 간다.

이 나라 강한 나라로 부자 나라로 되도록
이 나라 사람들 더욱 행복하게 살도록
모든 것을 생각하시고
모든 것을 마련하시는 어머니 당의
그 따스한 마음과 높은 뜻을
이 나라 모든 사람들과 같이 받들려고 간다.

당은 이 검고 찬 몸뚱이에
뜨거운 피와 붉은 심장 주시였으니

우리 빨갛게 타고 타련다.

일곱 해의 첫해에도
일곱 해의 마지막 해에도.

— 〈새날의노래〉, 1962. 3.

강철 장수

:

멀지 않은 저 앞날에
또 하나 해가 솟으려 한다.
하늘의 해보다 더 밝은 해가
하늘의 해보다 더 뜨거운 해가

이 해는 공산주의 해
그 해 아래서는 온 세상 사람들
아무것에나 억눌리움 없이
하늘 나는 새와 같이 자유로이
아무것이나 그리움 없이
아침 날의 꽃같이 풍만하게
그렇게 일하고 살아가는 세상.

우리나라는 지금
그 해를 바라 나아간다.
그 해를 어서 맞이하려
천리마의 기세로 달려 나아간다.

일곱 해가 지나는 날 우리나라가
그 밝은 해에 더욱 가까와지자고
힘 세기로 이름난 여섯 장수가
나를 떠메고 나아간다.

석탄도 장수, 알곡도 장수,
철도 물고기도 집들도 장수,
그 가운데서도 가장 힘센 장수
그는 강철 장수란다.

강철 장수 앞장서서 나아간다.
다섯 장수들이 뒤를 따른다.

강철 장수 다섯 장수들을 도와준다—
있는 제힘 제대로들 다 쓰라고
뜨락또르 되여 알곡 장수를
쇠기둥이 되여 집 장수를
기관선이 되여 물고기 장수를
직포기가 되어 천 장수를.

공산주의 해를 바라
나라를 떠메고 내달리는
용감한 여섯 장수들의 앞에서
어머니 당이 걸어가신다.

그들의 갈 길을 골라
어머니 당은 가리키신다.
그들이 길을 헛돌지 않도록
그들의 길이 막히지 않도록

다섯 장수들의 앞장에 서서
어머니 당을 따라 나아가는 강철 장수께
우리들 두 팔 높이 들어
큰 소리로 만세 외치자!

— 〈새날의노래〉, 1962. 3.

사회주의 바다

어느 나라에 바다가 있네
이 바다 넓고 푸른 바다라네

이 바다 이 나라 사람들을 부르네
봄, 여름, 가을, 겨울 없이
어느 때나 간절히 사람들을 부르네.
사람들도 젊은 사람들을 부르네.
그 푸른 물결의 노래로
그 흰 갈매기들의 춤으로.

그러나 그보다도 바다는 부르네
그 넓은 깊은 가슴에 가득 안은
살찌어 기름진 물고기들로 부르네.

이리하여 바다에는 배들이 덮이네
크고 작은 기곗배들이 덮이네
봄, 여름, 가을, 겨울 없이 덮이네.

바다는 흥성거리네
기쁨과 희망으로 찼네 —
그 가슴을 울리는 발동기 소리들로,
멀리 하늘가로 퍼져가는 뱃노래로,
행복한 뱃사람들의 웃음소리들로.

바다는 이 나라 사람들 위해
아담한 문화 주택 골고로히 세워주네
재봉기도 라디오도 사들이네 —
그 품에 담뿍 안은 기름진 물고기들로
살찐 미역이며 다시마며 조개들로.

바다는 이 나라 아이들에게
철 따라 올곳볼곳 고운 옷을 입히네
시집 장가가는 젊은이들에겐
비단 이부자리도 마련하여주네 —
그 품에 담뿍 안은 기름진 물고기들로

살찐 미역이며 다시마며 조개들로.
이 나라 사람들에겐 고마우네
제 나라의 이 바다가 고마우네.
이 바다 그들에게
한없는 행복과 기쁨을 주는 바다이네.

그러나 이 바다 지난날엔
사람들에겐 어두운 바다였네
이 바다 많은 사람들을 위해
행복과 기쁨을 주는 바다는 아니었네.
그 가슴에 품은 크나큰 사랑도
그리고 풍성한 보배도
이 바다 많은 사람들께 주지 못했네
노동의 기쁨도 생활의 감격도
여기서는 사람들 찾지 못하였네.

그러나 오늘은 밝은 바다
이 나라 사람들의 바다 되여
사람들의 가슴을 뜨겁게 하네
제 나라의 제 바다를 사랑하는
그 마음으로 뜨겁게 하네.

바다는 사람들의 정신을 억세게 하네
이리도 고마운 제 나라의 제 바다를
그 어느 원수에게도 아니 빼앗길
그런 정신으로 억세게 하네.

딴 나라 사람들 이 나라로 와
이 바다, 어떤 바다이냐 물으면
이 나라 사람들 선뜻 대답하리라 —

이 바다, 사회주의 나라의
사회주의 바다라고
이 바다, 사랑하는 우리 조국의
우리 조국의 바다라고.

— 〈새날의노래〉, 1962. 3.

조국의 바다여

물결이 온다
흥분에 떠는 흰 물결이
기슭에 철석궁 물을 던진다

울릉도 먼 섬에서 오누란다
섬에선 사람들 굶어 죽는단다
섬에는 배도 다 깨어졌단다.

물결이 온다
격분으로 숨 가쁜 푸른 물결이
기슭을 와락 그러안는다

인천, 군산 항구에서 오누란다
항구엔 끊임없이 원쑤들이 들어온단다
항구에선 겨레들이 팔려간단다.

밤이고 낮이고 물결이 온다,

조국의 남녘 바다 원한에 찬 물결이
그리워 그리운 북으로 온다

밤이고 낮이고 물결이 간다
조국의 북녘 바다 거센 물결이
그리워 그리운 남으로 간다
울릉도로도 간다 인천으로도 간다

주리고 떠는 겨레들에겐
일어나라고 싸우라고
고무와 격려로 소리치며

백대의 피맺힌 원쑤들에겐
몰아낸다고, 삼켜버린다고
증오와 저주로 번쩍이며

해가 떠서도, 해가 져서도
남쪽 북쪽 조국의 하늘을
가고 오고, 오고 가는 심정들같이
남쪽 북쪽 조국의 바다를
오고 가고, 가고 오는 물결들

이 나라 그 어느 물굽이에서도
또 그 어느 기슭에서도

쏴―오누라고 치는 소리 속에
쏴―가누라고 치는 소리 속에

물결들아,
서로 껴안으라, 우리 그렇게 껴안으리라
서로 볼을 비비라, 우리 그렇게 볼을 비비리라
서로 굳게 손을 쥐라, 우리 그렇게 손을 쥐리라
서로 어깨 결으라, 우리 그렇게 결으리라

이 나라 남쪽 북쪽 한 피 나눈 겨레의
하나로 뭉친 절절한 마음들 물결 되어 뛰노는
동쪽 바다 서쪽 바다 또 남쪽 바다여

칼로도 총으로도 또 감옥으로도
갈라서 떼여내진 못할 바다여
더러운 원쑤들이
오직 하나 구원 없는 회한 속에서
처참한 멸망을 호곡하도록
너희들 노호하라 온 땅을 뒤덮을 듯
너희들 높이 솟으라 하늘을 무너칠 듯

그리하여 그 어느 하루 낮도, 하루 밤도
바다여 잠잠하지 말라, 잠자지 말라
세기의 죄악의 마귀인 미제

간악과 잔인의 상징인 일제
박정희 군사파쇼 불한당들을
그 거센 물결로 천 리 밖 만 리 밖에 차 던지라.

— 〈문학신문〉, 1962. 4. 10.

제 5 부 동시

까치와 물까치

뭍에 사는 까치
배는 희고 등은 까만 새,
물에 사는 물까치도
배는 희고 등은 까만 새.

까치와 물까치는
그 어느 날
바닷가 산길에서
서로 만났네,

까치와 물까치는
서로 만나
저마끔 저 잘났다
자랑하였네.

까치는 긴 꼬리 달싹거리며
깍깍 깍깍깍 하는 말이

"내 꼬리는 새까만 비단 댕기"
물까치는 긴 부리 들먹거리며
삐삐 삐리리 하는 말이
"내 부리는 붉은 산호 동곳"

깍깍 깍깍깍 까치 말이
"내 집은 높다란 들메나무
맨맨 꼭대기에 지었단다"

삐삐 삐리리 물까치 말이
"내 집은 바다 우 머나먼 섬
낭떠러지 끝에 지었단다"

깍깍 깍깍깍 까치 말이
"산에 산에 가지가지
새는 많아도
벌레를 잡는 데는
내가 으뜸"

삐삐 삐리리 물까치 말이
"바다에 가지가지
물새 많아도
물 속 고기 잡는 데는
내가 으뜸"

깍깍 깍깍깍 까치 말이
"나는나는 재간도
큰 재간 있지 —
우리 산골 뉘 집에
손님 올 걸
나는 먼저 알구
알려준다누"

삐삐 삐리리 물까치 말이
"나두나두 재간 있지
큰 재간 있지 —
우리 개포 바다에
바람 불 걸
나는 먼저 알구
알려준다누"

깍깍 깍깍깍 까치 말이
"너는너는 아무래야
보지 못했지,
우리 산골 새로 된 협동조합에
농짝 같은 돼지를
보지 못했지"

삐삐 삐리리 물까치 말이

"너는너는 아무래야
보지 못했지,
물 건너 저 앞섬 합작사에
산같이 쌓인 조기
보지 못했지"

까치는 꼬리만 달싹달싹
한동안 잠잠 말이 없더니
갑자기 깍깍깍
큰소리쳤네 ―
"그래 나는, 우리나라
많은 곳곳에
새로 선 큰 공장
높은 굴뚝마다에
뭉게뭉게 피여나는
검은 연기 보았지"

물까치는 부리만 들먹들먹
한동안 잠잠 말이 없더니
갑자기 삐리리
큰소리 쳤네 ―
"그래 나는, 우리나라
넓고 넓은 바다에
크나큰 통통선

높은 돛대마다에
펄펄펄 휘날리는
풍어기를 보았지"

그러자 까치는
자랑 그치고
기다란 꼬리를
달싹거리며

"물까치야, 물까치야
서로 자랑 그만하자,
너도 잘난 물새
나도 잘난 산새,
너도 우리나라 새
나도 우리나라 새
우리나라 새들
다 잘났구나!"

이 말 들은 물까치
자랑 그치고
기다란 부리를 들먹거리며

"서로 자랑 그만하자,
너도 잘난 산새

나도 잘난 물새
너도 우리나라 새
나도 우리나라 새,
우리나라 새들
다 잘났구나!"

바닷가 산길에서
서로 만나
저마끔 저 잘났단
자랑하던
까치와 물까치는
훨훨 날았네 —
뭍으로 바다로
쌍을 지어 날았네 —

크고도 아름답게 일떠서는
우리나라
모두모두 구경하려
훨훨 날았네,
모두모두 구경하려
쌍을 지어 날았네.

— 〈아동문학〉, 1956. 1.

지게게네 네 형제

어느 바닷가
물웅덩이에
깊지도 얕지도 않은
물웅덩이에
지게게네 네 형제가
살고 있었네.

막냇동생 하나를
내여 놓은
지게게네 세 형제는
그 누구나
강달소라,
배꼽조개,
우렁이가
부러웠네.

그래서

맏형은
강달소라 껍지 쓰고
강달소라 흉내 내고
강달소라 행세했네.

그래서
둘째 형은
배꼽조개 껍지 쓰고
배꼽조개 흉내 내고
배꼽조개 행세했네.

그래서
셋째 형은
우렁이 껍지 쓰고
우렁이 흉내 내고
우렁이 행세했네.

그러나
막냇동생은
아무것도 아니 쓰고
아무 흉내 내지 않고
아무 행세 아니하고
지게게로 태어난 것
부끄러워 아니했네.

그런데
어느 하루
밀물이 많이 밀려
물웅덩이 밀물에
잠겨버렸네.

이때에 그만이야
강달소라 먹고 사는
이빨 세인 오뎅이가
밀물 따라
떠 들어와
강달소라 보더니만
우두둑우두둑 깨물려 드네.

강달소라 껍지 쓰고
강달소라 흉내 내고
강달소라 행세하던
맏형 지게게는
콩만 해진 간을 쥐고
허겁지겁 벗어놨네
강달소라 껍지 벗고
겨우겨우 살아났네.

그런데

어느 하루
난데없는 낚시질꾼
성큼성큼 오더니
물웅덩이 기웃했네.

이때에 그만이야
망둥이 미끼 하는
배꼽조개 보더니만
낚시질꾼
얼른 주어
돌에 놓고 깨려 드네.

배꼽조개 껍지 쓰고
배꼽조개 흉내 내고
배꼽조개 행세하던
둘째 형 지게게는
콩만 해진 간을 쥐고
허겁지겁 벗어났네
배꼽조개 껍지 벗고
겨우겨우 살아났네.

그런데
어느 하루
부리 굳은 황새가

진창 묻은 발 씻으러
물웅덩이 찾아왔네.

이때야 그만이야
황새가 좋아하는
우렁이 하나
기어가자
황새의 굳은 부리
우렁이를 쪼려 드네.

우렁이 껍지 쓰고
우렁이 흉내 내고
우렁이 행세하던
셋째 형 지게게는
콩만 해진 간을 쥐고
허겁지겁 벗어났네
우렁이 껍지 벗고
겨우겨우 살아났네.

그러나
막냇동생
아무것도 아니 쓰고
아무 흉내 아니 내고
아무 행세 아니해서

오뎅이가 떠와도
겁 안 나고
낚시질꾼 기웃해도
겁 안 나고
황새가 찾아와도
겁 안 났네.

지게게로 태어난 것
부끄러워 아니하는
막냇동생 지게게는
형들보고 말하였네—
남의 것만 좋다 하고
제 것을랑 마다하니
글쎄 그게 될 말이요.

그리하여 그 후부터
지게게로 태어난 것
부끄러워 아니하며
지게게네 네 형제는
평안하게 잘 살았네.

— 〈아동문학〉, 1956. 1.

멧돼지

곤히 잠든 나를
깨우지 말라.
하루 온종일
산비탈 감자밭을
다 쑤셔놓았다.

소 없는 어느 집에서
보습 없는 어느 집에서
나를 데려다가
밭을 갈지나 않나!

— 〈아동문학〉, 1957. 4.

강가루

새끼 강가루는
업어줘도 싫단다.

새끼 강가루는
안아줘도 싫단다.

새끼 강가루는
엄마 배에 달린
자루 속에만
들어가 있잔다!

— 〈아동문학〉, 1957. 4.

기린

기린아,
아프리카의 기린아,
너는 키가 크기도 크구나
높다란 다락 같구나,
너는 목이 길기도 길구나
굵다란 장대 같구나.

네 목에 깃발을 달아보자
붉은 깃발을 달아보자,
하늘 공중 부는 바람에
깃발이 펄럭이라고,
백 리 밖 먼 데서도
깃발이 보이라고.

— 〈아동문학〉, 1957. 4.

산양

누구나
싸울 테면 싸워보자
벼랑으로만 오너라.

벼랑으로 오면
받아넘길 테니,
까마득한 벼랑 밑으로
차 굴릴 테니.

싸울 테면 오너라
범이라도 곰이라도
다 오너라,
아슬아슬한 벼랑가에
언제나 내가 오똑 서 있을 테니.

— 〈아동문학〉, 1957. 4.

오리들이 운다

한종일 개울가에
엄저오리들이 빡빡
새끼오리들이 빡빡.

오늘도 동무들이 많이 왔다고 빡빡
동무들이 모두 낯이 설다고 빡빡.

오늘은 조합 목장에 먼 곳에서
크고 작은 낯선 오리 많이들 왔다.
온몸이 하이얀 북경종 오리도
머리가 새파란 청둥오리도

개울가에 빡빡 오리들이 운다.
새 조합원 많이 와서 좋다고 운다.

— 〈아동문학〉, 1960. 5.

송아지들은 이렇게 잡니다

송아지들은 송아지들끼리 잠을 잡니다.
좋은 송아지들은 엄마 곁에서는 아니 잡니다.

송아지들은 모두 엉덩이들을 맞대고 잡니다.
머리들은 저마끔 딴 데로 돌리고 잡니다.
승냥이가 오면, 범이 오면 뿔로 받으려구요.
뿔이 안 났어도 이마빼기로라도 받으려구요.

송아지들은 캄캄한 밤 깊은 산속도 무섭지 않습니다.
승냥이가 와도 범이 와도 아무 일 없습니다.
송아지들은 모두 한데 모여서 한마음으로 자니까요.
송아지들은 어려서부터도 원쑤에게 마음을 놓지 않으니까요.

— 〈아동문학〉, 1960. 5.

앞산 꿩, 뒷산 꿩

아침에는 앞산 꿩이
목장에 와서 꿱꿱,
저녁에는 뒷산 꿩이
목장에 와서 꿱꿱.

아침저녁 꿩들이 왜 우나?
목장에 내려와서 왜 우나?

꿩들도 목장에서 살고 싶어 울지
꿩들도 조합 꿩이 되고 싶어 울지.

— 〈아동문학〉, 1960. 5.

나루터

이 이른 아침 날
이 강기슭에서
살랑 바람에 붉은 넥타이 날리며
나무 심고 꽃 가꾸는 아이들아
돌 옮기고 길 닦는 아이들아.
너희들은 시방
정성 들여 공원을 꾸려 가누나,

아이들아 너희들의 빨간 볼들엔
웃음이 그냥그냥 피여나고
너희들의 입에선 멋지 않고
맑고 고운 노래 흘려나오누나.
너희들의 재깔대는 말소리
그리고 기쁨에 차 밝고,
너희들의 발걸음
그리도 흥에 겨워 가볍구나.

아이들아, 너희들 어서
그 밝은 말들로 실컷 떠들며
그 맑은 노래 실컷 부르며
마치도 아침 날의 이슬방울들같이
그리도 깨끗하고 아름다운 정성들로
이 강기슭을 함뿍 적시여라.

참으로 너희들이 오늘 이렇게
웃고 떠들고 기뻐 노래 부르게 하시려
한 사십 년 먼 지난날에
너희들과 같은 나이의 원수님이
여기서 강을 건너 가시였단다.

나이 어리신 원수님은
여기서 강을 건너 가시였단다.
굶어서 눈이 패운 늙은이들과
배고파 우는 어린아이들과
누더기 보따리며
바가지짝들을 들은 어른들과 같이 —
우리나라 불쌍한 동포들과 같이.

원수님은 어리시나 아시였단다.
이들에게서 정든 고향을 빼앗고
이들은 제 나라에서 쫓아내는

그 악독한 원쑤들이 누구들임을.

이때 원수님은 원쑤들에 대한 증오로
그 작으나 센 주먹 굳게 쥐여지시고
그 온 핏대 높게, 뜨겁게 뛰놀며
그 가슴속에 터지듯 불끈
맹세 하나 솟아올랐단다 ―
"빼앗긴 내 나라 다시 찾기 전에는
내 이 강을 다시 건너지 않으리라"

어리신 원수님은 바람 찬 남의 나라 땅에서
밤새워 읽고 쓰고 공부하실 때에도
산에서 강에서 동무들을 지도하실 때에도
그리고 총 들고 원쑤들과 싸우실 때에도
이 맹세 낮이나 밤이나
가슴속 깊이깊이 안고 계시였단다.

아이들아 생각하고 또 생각하라
천 번 만 번 생각하고 또 생각하자 ―
어리신 원수님의 이 큰 맹세 이루어져서
오늘 너희들에겐 자랑스러운 나라가 있음을
마음대로 공부할 학교들이 있음을
그리고 학자로도 기사로도 작가로도 될
넓고 빛나는 장래가 있음을,

그러나 아이들아 잊지 말자
자다가 꿈속에서도 잊지 말자—
이 크나큰 맹세 이루우시려
우리의 원수님은 오래고 오랜 세월
더할 수 없는 고난 다 겪으시였음을,
그리고 원수님의 고난이 그리도 컸음으로 하여
너희들이 행복이 그리도 귀한 것임을.

이 이른 아침 날
이 강기슭에
아이들아, 너희들은 기쁨에 차
나무 심고 꽃 가꾸고
돌 옮기고 길 닦누나,
너희들의 아버지 원수님의
그 어린 시절에 영광 돌리려
그 어린 가슴속 맹세에 감사드리려

그리고 천 년 만 년 두고두고
너희들의 뒤로 또 그 뒤로, 또 그 뒤로
이 나라에 태어날 많고 많은 아이들의
이 세상 그 어느 나라 아이들보다도
가장 행복한 아이들의
맨맨 앞에서, 그리고 맨 먼저
어리신 원수님의 크나큰 맹세를 자랑하고저.　　—〈아동문학〉, 1962. 5.

1912년   평안북도 정주군 갈산면 익성동에서 수원 백씨 백용삼白龍三 씨의 장
        남으로 태어남. 본명은 기행夔行, 필명은 백석白石.

1918년   오산소학교 입학.

1924년   오산학교 입학. 동문 선배 시인 김소월을 몹시 선망하였다고 함.

1929년   오산고등보통학교(오산학교의 바뀐 이름) 졸업.

1930년   〈조선일보〉 신년현상문예에 단편소설 〈그 모母와 아들〉 당선. 〈조선
        일보〉 후원 장학생으로 선발되어 일본의 아오야마 학원에서 영문학
        을 공부함.

1934년   졸업 후 귀국하여 조선일보 출판부에서 계열 잡지인 〈여성〉지의 편집
        일을 함.

1935년   시 〈정주성〉을 〈조선일보〉에 발표하면서 문단에 데뷔.

1936년   시집 《사슴》 간행. 〈조선일보〉 기자를 그만두고 함경남도 함흥 영생
        여고보 영어교사로 부임.

1938년   영생여고보 교사를 사임하고 다시 서울로 상경.

1939년   〈여성〉지 편집 주간으로 일하다가 그해 말 만주로 거처를 옮김.

1940년   10월 초순 자신이 번역한 토마스 하디의 장편소설 《테스》의 출간을
        앞두고 교정을 보러 잠시 서울에 다녀감.

1941년   생계유지를 위해 측량보조원, 측량서기, 소작인 생활을 함.

1942년   만주 안둥에서 세관업무에 종사함.

1945년   일제의 패망과 함께 귀국. 한때 신의주에서 거주하다 고향 정주로 돌
         아옴.
1947년   시 〈적막강산〉을 친구인 허준이 〈신천지〉에 발표함.
1956년   〈조선문학〉에 〈동화문학의 발전을 위하여〉〈나의 항의, 나의 제의〉
         등의 산문 발표.
1957년   동화시집《집게네 네 형제》출간. 〈아동문학〉에 〈멧돼지〉, 〈평양신문〉
         에 〈감자〉 등의 시 발표.
1958년   〈문학신문〉에 시 〈제3인공위성〉 발표.
1959년   양강도 삼수군 관평리에 있는 국영협동조합으로 내려가 농사를 지은
         것으로 알려지고 있음. 〈조선문학〉에 〈이른봄〉〈공무려인숙〉〈갓나물〉
         〈공동식당〉〈축복〉〈하늘 아래 첫 종축기지에서〉〈돈사의 불〉 등의 시
         발표.
1960년   〈조선문학〉에 〈눈〉〈전별〉 등의 시 발표.
1961년   〈조선문학〉에 〈탑이 서는 거리〉〈손벽을 침은〉〈돌아온 사람〉 등의
         시 발표.
1962년   북학의 문화계 전반에 내려진 복고주의에 대한 비판과 연관해 일체의
         창작활동을 중단함.
1995년   사망한 것으로 언론에 추정 보도됨.

한국문학을
권하다 31

31

백석 시전집

여우난골족

초판 1쇄 인쇄 2018년 12월 20일
초판 1쇄 발행 2019년 1월 10일

지은이 백석
펴낸이 이범상
펴낸곳 ㈜비전비엔피·애플북스

기획편집 이경원 심은정 유지현 김승희 조은아 김다혜
디자인 김은주 이상재
마케팅 한상철 이성호 최은석
전자책 김성화 김희정 이병준
관리 이다정

주소 우) 04034 서울시 마포구 잔다리로7길 12 (서교동)
전화 02) 338 – 2411 **팩스** 02) 338 – 2413
홈페이지 www.visionbp.co.kr
이메일 visioncorea@naver.com
원고투고 editor@visionbp.co.kr

등록번호 제313 – 2007 – 000012호

ISBN 979-11-86639-85-6 04810

이 도서의 국립중앙도서관 출판시도서목록(CIP)은 서지정보유통지원시스템 홈페이지(http://seoji.nl.go.kr)와 국가
자료공동목록시스템(http://www.nl.go.kr/kolisnet)에서 이용하실 수 있습니다.(CIP제어번호: CIP2018035475)